寻常风景

劳乃强 / 著

百花洲文艺出版社
BAIHUAZHOU LITERATURE AND ART PRESS

图书在版编目（ＣＩＰ）数据

寻常风景 / 劳乃强著 . -- 南昌：百花洲文艺出版
社，2019.8
ISBN 978-7-5500-3306-1

Ⅰ.①寻… Ⅱ.①劳… Ⅲ.①散文集 - 中国 - 当代
Ⅳ.①I267

中国版本图书馆CIP数据核字(2019)第139549号

寻常风景
XUNCHANG FENGJING

劳乃强　著

责任编辑	郝玮刚	
封面设计	書道閣香 13805787865	
出版发行	百花洲文艺出版社	
社　　址	南昌市红谷滩新区世贸路898号博能中心A座20楼	
邮　　编	330038	
经　　销	全国新华书店	
印　　刷	杭州万星印务有限公司	
开　　本	880mm×1230mm　1/32	印张　7.75
版　　次	2019年8月第1版第1次印刷	
字　　数	167千字	
书　　号	ISBN 978-7-5500-3306-1	
定　　价	38.00元	

赣版权登字 05-2019-157
版权所有,侵权必究

网址　http://www.bhzwy.com
图书若有印装错误,影响阅读,可向承印厂联系调换。

写 在 前 面

　　写散文,是一种惬意的享受。这是一个广阔的天地,这是一个美妙的世界。自然现象、人间世态,尽可以放笔写来。不必端架子,无须唱高调,以手写心,率性而为,图的是一种直抒胸臆的快乐,是收获一份辛勤创作的满足。写散文也并不容易,要有学养的滋润,要有独到的观察,也离不开心境的散淡和从容。人生落寞,惨淡经营,谋篇布局,字斟句酌。如果说生活是丰富的矿藏,淘炼出来的文字,却总是那么少得可怜。我于1980年开始发表散文,除了2001年编过一本《古樟与红曲酒》外,也就仅此薄薄的一本《寻常风景》而已。

　　集子中有不少记游之作,游踪所至,无非是一些山野小景,那风光也就寻常。除自然的风光外,人生的经历和际遇,也可算是一种风景线吧。只是本人生活本就平常,心境也就平淡,所写也就难免寻常了。以《寻常风景》来汇编这些文字,却也不失其本分和本色。当然,寻常风景也往往多多少少地有一些自

身独有的情韵和意味,这大概就是编这本小册子的出发点所在了吧。正如我在《有那么一个渡口》中所写:"平常之中也有极致,平常之中,更能体味极致。"

根据内容的不同,我把全书分成《明月双溪水》《那时我们正年轻》《田野的色彩》《生活的滋味》《小溪泛尽却山行》《回首沧桑》六辑,无非是为了便于编排而大致区分,其实也并不严密。每辑之中,则以在报刊发表的先后为序排列。文中的有些内容现在已发生变化,为了避免误解,所以在每篇文章后面都附上发表的时间。

我为自己的不成器汗颜,我期待着各位的批评指正。

目　录

明月双溪水

那时我们正年轻

田野的色彩

生活的滋味

小溪泛尽却山行

目录

回 首 沧 桑

明月双溪水

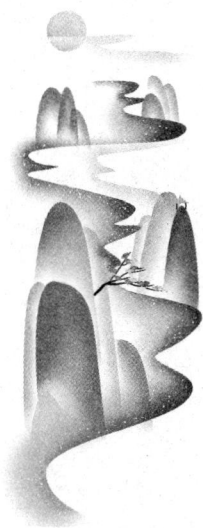

通济街之夜

条条龙,接狗蓬;

狗蓬未开花,龙头爷爷吃桂花;

买点猪油渣,请请老人家。

　　这是一首童谣,是小时候玩"条条龙"时唱的。它口耳相传地在金华流传着,总相当久远了吧。这么一首粗俗的、半懂不懂的童谣,却常常撩逗我的情怀,激起我的思忆,使我想起那欢悦的通济街之夜⋯⋯

　　我的童年,是在金华城西南隅的通济街度过的。这是一条用石板和鹅卵石铺就的街路,两边是一些古旧的排门屋,大多是小客栈、篾作铺之类的店家和作坊。街的南面濒临婺江,与江心的燕尾洲隔水相望。易安居士词中"闻说双溪春尚好"的"双溪",就是这一段被燕尾洲隔成两爿的婺江。街的西端是一道扇面形的石阶梯,拾级而上就来到通济大桥上了。这座沟通金华城乡的石桥,据说还是三国时孙权的母亲建造的呢。每天早上,

明
月
双
溪
水

那些头戴平顶小笠帽、腰缠青色汤布的乡下人，推车挑担地纷纷从桥上拥到通济街来赶早市。这时的通济街，就像张择端画的那张《清明上河图》一样：拥挤、繁忙、市声喧嚣。但在收了早市后的其余时间，这里却又像散了场的戏园似的，冷清、闲散了。

夜晚，这里更是行人稀少，清幽寂静。街顶天幕湛蓝，两边灯火点点，江风带着清凉的水汽，石板路和两边的街屋罩上了一层朦胧的月光。

就在这样的氛围中，突然，谁家的一扇排门开了，窜出一个男孩，他用双手围着嘴，歪着头大喊一声："大家来玩'条条龙'噢——"一声吆喝，惊动了清静的夜街。很快地，往往那"噢——"的拖音还未消失，就有几家排门闻声而开，孩子们纷纷从柜台后面、店堂里面跑出来了。于是街檐下、路灯边，响起了"条条龙，接狗蓬……"的童谣和孩子们的欢声笑语。静夜中，那用舒缓柔软的金华方言唱的童谣分外悦耳，那稚声嫩气的嬉笑声更显得活泼天真。

这些孩子一个接一个地牵着衣服，在"龙头"的带领下边唱边兜圈子。待到一遍唱完，这条"龙"就在一个装成睡眠模样蹲着的孩子面前停下，由"龙头"上前做着敲门的动作问道："老人家，爬起来没有啊？"那蹲在地上的孩子就装模作样地打呵欠，伸懒腰，装成刚刚睡醒的样子回答说："还未噢！"于是大家又兜着圈子唱一遍。"龙头"又问："老人家，爬起来没有啊？"这时，"老人家"就做着穿衣的动作回答："起来咯，刚好在穿衣裳噢。"而等到"老人家"回答"要吃五更了"时，"条条龙"就进入紧张热烈的高潮了。"老人家"使出浑身解数，追拿蹿跳地抓人"吃"，大家则在"龙头"的护卫下，躲避"老人家"的追捕，急急忙忙地奔跑，慌慌张张地团团转……

那时候孩子们玩"条条龙",大人是从不干涉的。当我们的游戏进入高潮时,那些在旁边围观的大人们还会忘乎所以地呐喊助威,提醒自己的孩子当心被"老人家"捉住,指引孩子逃避。他们童年当然也都玩过这种游戏的,现在看到孩子们愉快地嬉戏,似乎也回到孩提时代了。每当这时,场内的气氛更为热烈,更为欢快,我们的劲头也更足。大家奔逃着、追逐着,搅成了一团。那"条条龙,接狗蓬……"的歌声、呐喊声,还有喘息声、笑骂声响成了一片,欢快的声浪回荡在街道上空。啊! 那是多么富有生气和诗意的通济街之夜!

小孩子们做游戏,有时也难免会产生纠纷,比如有时大家争着要做"老人家",而有时又相反,谁也不愿干。碰到这种情况,大家就在街沿上坐成一排,每人伸出一只脚,一位大家推举的裁判一面念念有词,一面在一只只伸出来的脚背上顺序点着,当最后他唱到"烂肉烂火腿,收了一万零一只"的这个"只"字时,点在谁的脚上,就把这人拖出来担任有关的角色。被点到的人当然是义不容辞,别人也绝不会有异议。毕竟是天真无邪的孩子,就凭着这么一种简简单单的办法,解决了纠纷,于是大家又和谐地"条条龙"了。

"条条龙"这种淳朴有趣的游戏,往往还会增进孩子们之间的友谊,消除一些隔阂。大概是我十一岁那年,有一次我和一个同班的邻居吵得动了拳头,两人有好几天没有讲话。几天后的一个晚上,在玩"条条龙"时,我们却碰到了。那次刚好由我做"老人家",当我接连"吃掉"两个小伙伴以后,就轮到他做"龙尾巴",当时大家都玩得很得意,我也只得硬着头皮去抓他。开始

明月双溪水

时，我们两人都有点不自在，而当我做了一个从左边进攻的假动作，然后突然从"龙头"右胁下钻出去抓住了他，用左手紧紧地箍着他的腰，右手按着他的"瓦片头"，宣告他被我"吃掉"以后，我们俩都筋疲力尽地在地上笑着滚成了一团，原先的意见和不愉快也烟消云散了。

我们这些小孩子在玩"条条龙"时，还会出些新点子，使游戏更加有味。那年金华受旱，入夜，常有农民抬着龙灯"接龙"。这是一种我们金华特有的"板龙"，龙身由一条条板凳一样的木板联结而成，上面装有灯笼点着蜡烛，鼓乐前导，仪仗显赫，土铳的轰响震天动地。这龙灯宛如一条火龙，从婺江对面"游"来，窜下大桥穿街而去，声势确实壮观。由于龙灯的启发，我们也想出一种"结龙"的玩法，把那些本来各自分开玩的人聚拢来一起玩，把原先七八人或十数人的"短龙"，结成一条三四十人的"长龙"。大家齐声唱着"条条龙，接狗蓬……"在通济街上甩头摆尾地游行，渐渐地，"龙"越"结"越长，几乎整条街的小孩子都参加进来了。男男女女大大小小，不仅有六七岁的稚童，也有不少读"高年级"的半大人。在街上转了几圈，大家意犹未尽，再到大桥上转圈子。桥高江阔，水清月明，燕尾洲上渔火若隐若现，"条条龙，接狗蓬"的歌声随着江水流向远处，顺着清风飘往四方……

原载于《东海》1982年第7期

为燕尾洲干杯

有信从故乡来。信是童年小伙伴写的,约我星期天回金华去参加老同学聚餐。"大家会一次不容易,你可得准时来啊。"他们唯恐我爽约,叮咛再三,穿开裆裤时结下的友情就像天真无邪的童年一样真挚、纯净。伙伴们考虑得很周到,把聚会的地点安排在儿童公园,因为那里和燕尾洲只有一水之隔。

童年是在婺江边的通济街度过的。记事之初,印象最深的就是江心那块沙洲。这块沙洲搁在江心,却不会被大水冲走,洲上还长满青草。白天,成群的老鹰在它上空盘旋、升降;晚上,更有明灭的"鬼火"在洲上飘悠,和江边的渔火相映照。由于江水阻隔,这可望而不可及的沙洲特别神秘,在我幼稚的心灵中引起无穷的遐思和呆想。这沙洲就是燕尾洲,是由洲南那清浅的武义江和北边深沉的义乌江像燕子的剪刀尾呈"丫"字形在洲前交汇而得名,这一段婺江也就是易安居士"只恐双溪舴艋舟,载不动许多愁"的"双溪"了。

记得是1957年吧,这年的暑假特别长,学校里一次又一次地

推迟开学的时间,于是伙伴们的活动范围也就不断地扩大,终于在一个下午,大家跟着外号叫做"水猢狲"的同学绕道通济桥来到婺江南岸,脱得光光的涉过武义江上了燕尾洲。"水猢狲"的父亲是个业余渔夫,他已跟父亲来过燕尾洲了,现在便成了大家的向导。

一踏上这向往已久的沙洲,我们顾不上穿衣服,就赤着屁股在这大自然的怀抱里撒野:在细沙滩上翻滚、在草地里摔跤、在水中"打水仗"……这里的天地是多么辽阔,阳光是如此灿烂,天特别蓝,云特别高,风特别柔,水特别清,沙更是特别细、特别白、特别松软,就连那些鹅卵石也似乎比别处光滑比别处圆了。这第一次上燕尾洲的情景给我留下深刻的印象,直到初中时听地理老师讲"哥伦布发现新大陆",我还会联想起自己第一次上燕尾洲的情景和感受;当语文课学"风吹草低见牛羊"的诗句时,我也凭借燕尾洲和洲上的萋萋芳草来展开自己的"形象思维"。

那年开学后学校里还经常莫名其妙地放假,逢上老师学习、开会、劳动等名堂,我们便去燕尾洲玩耍,这里更成为我们的乐园了。

洲上的沙窝里藏着很多老鹰窠,我们把这当成"碉堡",用鹅卵石当手雷"轰炸",大家还试图"抓活的",但是尽管大家躲在沙堆后面慢慢爬行,没等挨近,鹰儿早盘旋着飞走了,只给我们留下一个个失望。

抓不着老鹰,伙伴们便分成"中国""美国",互相用细石子"射击";煞有介事地"冲锋陷阵";在"肉搏战"中将打败的对手紧紧地揿倒在沙坎里,直至他"投降"才放他起身,失败者还得去摘野麻楂"进贡",这种长在刺藤上的深红色小果,模样像石榴,有算盘珠那么大,在溪水中漂净里面的茸毛,那又酸又甜的味道很解馋。

在这地阔天空的洲上放风筝更是惬意,筝儿春风得意高高飘荡,我们的心也似乎被长长的线绳拽上云霄,欢呼着、雀跃着,直到线断筝飞,才后悔自己不该把线松得这么长。

有时,大家闹腾够了,也会坐在滩岸上望着天上的白云和江中的流水发呆,"江水从哪里来又到哪里去?""这沙洲怎么形成的?"这类问题又会来困扰我们,在大家那蒙昧的脑海里,这大自然实在是太神奇啦。

大自然却也会弄点恶作剧。一天早上,我在上学的路上碰到早去的同学从学校回来,说是今天不上课了,老师要大家在家里造小高炉炼铁。我们这帮十岁出头的娃娃蛋连生煤炉都不会,又怎么造得起小高炉炼出铁来呢?无聊之中照例去燕尾洲玩个痛快。回返时大家才发现江水变得混浊了,水面上有一些牛粪似的泡沫漂浮着,原先只到大腿根的江水也变得齐腰深了。这是洪水的先兆,伙伴们却不知道,硬是手拉手地涉过急流。刚拢岸,一个同学忽然带着哭腔喊了起来:"哎呀,裤子……爸爸要打我啦……"只见一条蓝裤衩正向两江交汇处漂去。"水獭狲"一见这情景,把衣服往地上一扔就想往江中跳,但被一个拔猪草的农妇拖住了:"不要命啦,大水下来了!"这时只见江水更浑浊、更湍急了,盯着满是漩涡的流水,大家一时都怔住了,一种恐怖感掠过大家的心头。但这只是短暂的一刻,很快我们又高兴起来,因为那个同学为了过闹市回家,只得把上衣围在腰间遮羞,这一滑稽模样引得大家嘻嘻哈哈地把这个"倒灶鬼"取笑

明月双溪水

了一通。"倒灶鬼"虽然愁眉苦脸，也禁不住咧开嘴跟着大家笑几下。

毕竟是从小在江水中浸泡，伙伴们后来都有了一身好水性，这时，到燕尾洲去就不必兜圈子过大桥了，大家在北岸"小码头"下水，一声号令，击水中流，十几分钟就横渡义乌江了。踏上燕尾洲，长吁了一口气，回看乖乖流水，遥望岸边那些变小了的挑水、洗衣的人们，一股得意劲便在心中升起。

水性最好的自然是"水猢狲"，他这时已能轻轻松松踩水过江，他多次夸下海口，再过两年等长了力气，要顺着江水漂到下游的兰溪去玩。一边说一边曲起手臂，把胳膊上尚未发达的肌肉使劲涨几下。

"倒灶鬼"的水性也很好，说来也难为他了，自从丢了裤子，他爸爸就严严地管着他，但他往往头顶上的"暴栗"还未消退，便又和大家一起玩水，一起上燕尾洲了。

江水在不舍昼夜地流逝着，这时的我们也早已过了童年成为少年，而且很快就将进中学读书，并由少年而青年了。真所谓"少年不知愁滋味"，燕尾洲也就伴着美好的回忆留在我的记忆深处。

在"大办农业、大办粮食"的口号中我们进了中学，随着"吃饭问题"的逐步解决，教育质量越抓越紧，大家便没有那么多时间去燕尾洲胡闹，何况这时，大家都稀里糊涂地变成了小青年，便也有了几分矜持，那股野劲也"淡化"了。至于后来则更不必说了，伙伴们大多成了"知识青年"，惶惶然上山下乡。待到一切恢复秩序，大家已是人到中年，肩头上生活、工作的担子都很沉重了。现在竟有人大动雅兴，组织这么一次盛会，让大家忙里偷闲欢聚一堂,确实是一大快事啊。

星期天,老同学们在儿童公园相会了,按照约定,大家带来了各自的孩子。妻子却一律不带,这也是信中讲定的,一家有一家的事,各人有各人的长短,女人家小心眼多,喜欢拿人家的长处和自家的短处比,容易引出不愉快;老婆不在场谈心说笑也更方便,当年的秘闻轶事同学清楚,老婆可不一定知晓。

"倒灶鬼"是唯一未带孩子的,这家伙真有点"倒灶",他是中专生,毕业后分配到四川一个"三线"工厂,这在当时是够我们这些"知青"眼红了,想不到他后来却因工伤而瘫痪,躺在担架上回了金华。好在这个"倒灶鬼"硬是不向"倒灶"的命运低头,摸索着自学气功,竟然奇迹般重新站了起来,还办了个"气功康复中心",在金华已是小有名气的人物了,只因疾病耽搁,他至今还是单身一人。今天"倒灶鬼"便成了第二代们共同的"叔叔",那帮小家伙都围着他转,他事先也有准备,口袋里装满了巧克力,孩子们坐碰碰车、玩游戏机,票子也由他"承包"了,儿童公园多的是让小家伙快活的玩意儿,他们今天是最高兴的了。

"水猢狲"却没有来,而且永远地不会来了。他从小习武,后来办"拳堂"收招徒弟,却因此酿出祸水,在聚众斗殴中伤了人命。伙伴中他结婚最早,两个儿子大概都快成小伙子了吧。想起这些,大家难免有几分悲伤几分感慨,我不由的又想起捞裤衩的事,那曲着手臂涨着肌肉的模样也历历如在眼前。

在儿童公园里可以清楚地看到隔江相望的燕尾洲,它现在已成了一个大工地:江中架起栈桥,挖沙船、翻斗车在忙碌,洲边砌上了花岗石的堤岸,这里正在建造江心公园,用不了多久,燕尾洲就要以崭新的容貌迎接人们到它的怀抱里游玩嬉戏。

明
月
双
溪
水

老同学欢聚一堂,确实令人愉快。尽管生活中有各种不尽如人意处,大家相逢一处免不了互相叹叹苦经,发发牢骚,像"倒灶鬼"的婚姻问题就是一个重要议题。但大家最乐道的还是童年时代的趣事,那话题也就离不开燕尾洲。

于是,老同学和第二代的小朋友们都举起了手中的酒杯,为燕尾洲干了这次聚餐会的第一杯。

原载于1988年1月《婺星》

小宝姐姐

　　那时，我的同学都以为小宝是我的姐姐，小宝的同学也以为我是她的弟弟；学校里的老师、街坊邻居、常去玩耍的几个同学家的大人，凡是认识我俩而又不明就里的人，都以为我们是亲姐弟。我们睡同一个房间；在机关食堂里吃同样的伙食；一起上学，一起回家，一起玩耍；出去远足时，我的零用钱归她保管；发现我和同学们一起爬到滑梯上往下跳，她会严厉地阻止我……这一切在旁人看来，自然都证明着我们的姐弟身份。

　　我们两家合住一间房，房子很简陋，是用木板隔成的，面对面铺两张床，一张是我和母亲的，一张是小宝和她母亲的。房里只有一盏灯，光线不很亮，却温柔。两位母亲常给我们讲故事、猜谜语，还有绕口令什么的，虽是两家人，倒也其乐融融。有时我和小宝就把床铺当作戏台，来一场"大闹天宫"。有时我会要求睡小宝床上，她母亲只得和我母亲挤一张床。为此，小宝常取笑我，但我明白，她其实也很欢迎我。

　　小宝只比我大一岁，但她比我懂事，而且她六岁就上学，中

间又跳了一级,我还在背"九九表"时,她已经喜欢坐在大人的办公桌前看《人民日报》,因此在学习上我沾了她不少的光。她还教我唱歌,教我一些高年级学生玩的游戏。

小宝对我像对待亲弟弟一样。记得有一次学校里看电影,散场时我只顾和同学争辩电影里的游击队长和国民党军官是否是亲兄弟,忘了和小宝一起回家。结果她很迟才回来,一看见我,平时难得哭鼻子的她就捂着脸哭开了,弄得两位母亲费好大的劲才把她劝住,我也为此被母亲狠狠地教训了一顿。

一次学校里来了一个摆糖果摊的,我被一种菱角形红白相间的糖块所吸引,可是身边刚好没有钱,只能站在旁边呆看。小宝发现了我的馋相,就走过来掏出4分钱给我买了一颗,她自己则很高兴地站在旁边,看我那吃得有滋有味的模样。我至今记得小宝姐姐那一对羊角辫下漾着的一对小酒窝,我也一直为自己的不懂事而内疚,因为那时她家就靠她母亲一人的工资生活,4分钱对当时的她来讲分量是不轻的,最起码,我应跟她共享这一颗糖才对。

我和小宝在一起度过了难忘的5年,10岁那年我和母亲离开了机关,她母亲不久也下了乡,小宝则转到杭州随爷爷奶奶生活了。世事沧桑,人事沉浮,儿时的这份珍贵的友谊,也只能深深地藏在心中了。

原载于1995年12月1日《明州快报》

一 方 乐 土

　　这是夹在两条江中的一块沙洲。白沙细软、芳草萋萋,牧放的水牛或立或卧,闲适自在;云水相映、江天寥廓,盘旋的苍鹰骤升骤降,倏忽自如。洲北那条江紧傍着码头街巷,江涛中也就有了市井的喧闹和繁忙,还有那半城灯火、万家炊烟。洲南那条江连接着平畴旷野,波光中也就有了春华秋实的变换,以及那青山的远影、岸柳的近姿。

　　北江深沉浩荡,可以行舟船;南江清浅湍急,只能撑竹排。入夜,有行船的和撑排的在沙洲上搭起窝棚过夜,月色和星光的朦胧中,就有那明灭的渔火来装点夜的宁静,为这方天地增添几分神秘和几分诗意。

　　我在临江的小街上长大,因此,熟悉这里的风光景色,也因此从小就和沙洲有了亲近的机缘。

　　小伙伴们喜欢分成"中国"和"美国"两帮,在沙洲上"打仗",互相用小石子"射击",扭成一团"肉搏"。我们还希图活捉

那些在棘丛中休憩的老鹰,结果却在自己身上增加几条被刺钩划破的血痕。跨上牛背,自己仿佛成了骑士;在积水的浅潭中捞了几尾小鱼,又觉得是莫大的收获。草丛中有一种算盘珠模样的红色小果,我们称为野麻楂,在溪水中洗去里面的绒毛,那酸酸甜甜的滋味又解馋又解渴。

春天,我们在洲上放纸鸢;夏天,在浅滩中扑腾着水花学"狗刨"。有时,大家也会老老实实地趴在沙滩上,听着滩声、望着蓝天,呆呆地想一些"水从何处来""水又到哪里去"之类的问题。每当发大水,大家又总要为消失在洪波中的沙洲担忧,尽管待到洪水退却,这块沙洲不但安然无恙,而且草更青,滩更平,沙也更细、更白。

沙洲与我们隔江相望,但由于江水太深,要想"适彼乐土",却要过一座大桥,再从桥南岸涉过浅水上沙洲。

一天下午,大家在洲上玩到太阳快下山才回家,这时却发现来时及膝的浅水已涨到大腿以上了,水流也变急变浊了。待大家手拉着手好不容易涉水过江,已是浑身水花,还被急流冲走了一些鞋袜衣裤。上岸后,我们还未来得及为冲走了东西怎么向大人交代而担心,却又为这次的历险,嘻嘻哈哈地滚成了一团。

过不了几年,大家的水性都很不错了,相约着跃进江中,穿波冲澜、击水中流,很快就到那沙洲上了。好水性使我们如虎添翼,不必再大老远地兜圈子上沙洲了,而且那些木船竹排也任凭大家跳跃攀爬,玩得更有兴致、更加尽兴了。

当然,那时的我们压根儿就不知道,曾有一位名叫李清照的女词人,把这里的风光称作"双溪",把这里的木船称作"蚱蜢舟",而且还用这些船来装载那"许多愁"。

原载于1997年11月28日《衢州日报》

明月双溪水

拍遍栏杆

　　故乡的一位书法家曾馈我墨宝一幅,写的是唐朝严维的诗"明月双溪水,清风八咏楼,昔年为客处,今日送君游"。我喜欢那一笔古拙苍劲的篆籀体,严维诗写的又是故乡胜景,便托人装裱起来挂在墙上,也可聊慰思乡之情。

　　仓茅亭是故乡的一条老街,单这名称就平添几分古意。这里曾是古婺州的闹市,窄窄的小街、旧式的店铺、残存的雕花门楼、不知哪朝哪代留下的牌匾……构成特有的风情。沿小街东行,突然有一段古城墙横空而出,城头上石栏环立、飞檐凌风、高楼兀然,八咏楼就这么不声不响地来了一个精彩的亮相,和老街一起组合成一幅苍凉凝重的画面。

　　在传统文本中,高台名楼往往和一个"愁"字脱不了干系。始建八咏楼的南齐太守沈约,是永明体的代表人物,他的《八咏》诗中"岁暮愍衰草,霜来悲落桐"的吟唱,调子就很低沉;严维的那首诗细细玩味,也很有几分惆怅之意;宋朝女词家李清照更是直抒胸臆,吟出"千古风流八咏楼,江山留与后人愁"的绝唱。易安居士避乱流落到金华,曾在八咏楼暂住,国破夫亡的她饱经离乱之苦,在这里凭栏骋目,虽然对面的双溪春光正好,她的感觉却是"只恐双溪舴艋舟,载不动,许多愁"。

正是前人的感喟和叹息,使得八咏楼的文化积淀有了深沉的意蕴和脱俗的格调。

孩提时,我喜欢和小伙伴们去八咏楼玩,少不更事,却也朦朦胧胧地觉得这里有一种特别吸引人的趣味。大家趴着石栏杆眺望远处婺江(双溪)的一脉清流,以及江上渐渐远去的帆影,江对岸无边的绿野,更远处的一抹青山,心情就像水面上的阳光一样明丽清新。

记得是1967年夏季的一天,我和几位伙伴登临八咏楼,发现八咏滩头江面上红旗飘扬人头攒动,煞是热闹。同伴中一位尚未"上山下乡"的告诉我,那里正在举行"毛主席畅游长江一周年"纪念活动。不知为什么,我听后竟有一种难以言传的失落感袭上心头,那一份惆怅情怀,久久难以排遣。

待到再次凭栏八咏楼,倏忽之中,30年光阴已经过去。由于一直羁绊他乡,八咏楼的身姿情影常伴随乡愁在思念中浮现。我也多次在探亲回家时去过八咏楼,但不是楼门紧闭,就是在那段长台阶的中途便受到栅栏之类的阻隔。只有一次晚饭后,去探望替文物管理部门临摹太平天国侍王府壁画而寄寓楼中的父亲的一位老友,才得以登台进楼。又因环境实在杂乱未能一游,更谈不上领略一下月色,享受一下清风。岁用蹉跎时光易逝,等到八咏楼修复再开放,我已进入知天命之年了。

重修后的八咏楼,保持了白墙黑瓦淡朴典雅的风貌,有一种原汁原味的沧桑感和自然美。但作为景观,"明月双溪水,清风

八咏楼"的意境和神韵已难寻找,奈何,奈何。

在相当长的时期中,有着1500年历史和丰富文化内涵,被誉为"江南第一楼"的八咏楼,成为一些补习班、民办中学的校舍,任凭学生撒野。后来又成了文物管理部门的书库,一年到头难得开门通风。但在一些前辈文化人的内心,一直对八咏楼倾注着热切的关爱和深深的爱惜。送我墨宝的老书法家,是借助古人诗句,浇自己胸中的块垒;那位寄寓楼中的父执,之所以不顾年老爬梯攀高地去临摹壁画,就是为能在八咏楼中暂住而感到高兴。10年前我去探望省文史馆员黄萍荪老先生,当时他住在衢州,风烛残年的老人问我是否能借辆车子,陪他去金华看看八咏楼,还表示如果不开放的话,就站在下面望一眼也好。遗憾的是,由于我一时事忙,老人不久又移居杭州女儿处,他的这个愿望就永远地未能实现。还记得两年前,父亲在谈天时说及他的一幅八咏楼速写,说这幅速写好在画得早,不然的话,这个角度的视线就会被一座新楼房挡住了。父亲是以庆幸的语气说的,但是我知道,在庆幸的背后,更多的还是叹息。

江山留与后人愁,这大概是历史的宿命吧。

原载于2001年3月2日《金华日报》

那 一 首 歌

"我的家在东北松花江上,那里有森林煤矿,还有那漫山遍野的大豆高粱……"

《松花江上》,是抗日战争时期救亡歌曲中的经典之作。那如诉如泣壮怀激烈的情韵,时而低回时而昂扬的旋律,激励着人们同仇敌忾共赴国难。我生已晚,未曾经历这场抗日救亡运动,却也很喜欢这首歌曲,因为这支歌能勾起我对往事的温馨回忆。

那时,我们住在金华城里婺江路 15 号一个濒临婺江的墙门屋里,江流入目、江声入耳,虽然一家人只有一间斗室,因日夕与婺江相伴,却也不感到局促。当时正逢三年困难时期,父亲对这咬菜根的日子也并不在意,每逢周末回家,白天去婺江边写生,晚上就和我们谈天,给我们兄弟姐妹讲述他年轻时的经历和往事。

一个时代有一个时代的生活,一个时代也有一个时代的歌声。父亲年轻时在家乡姚江边的一个小学里教书,和活跃在姚江流域"三北"地区的新四军三五支队多有接触,参加过抗敌宣

明月双溪水

021

传活动,画过宣传画,刷过标语,也参加过一些演出活动,《松花江上》自然是经常演唱的。后来也终于因日军占领了家乡而漂泊到丽水、金华。所以当他回忆这段生活时,就会情不自禁地唱起"我的家,在东北松花江上……"他唱得是那么投入、那么专注、那么动听,因而使小小年纪的我也受到感染,深深地爱上了这首歌。

这支歌当时并不像其他一些抗战歌曲那样,得到应有的倡导,我曾收集了不少的歌本,却总找不到《松花江上》这首歌。一直到1964年,音乐舞蹈史诗《东方红》拍成电影放映后,我才听到这首歌的正式演唱。正因如此,当时,我一口气看了好几遍《东方红》,目的就是为了听这一首歌。但这时的父亲已不敢放肆自己的歌喉了,因为他已敏感地感觉到一场政治风暴将要来临,就连心爱的画笔都弃之一边了。而不久,我也离开家人下了乡。

我一直喜欢唱这首从父亲那里学来的《松花江上》,我用这支歌排遣自己的思乡之情,用这支歌激励自己的信心和勇气,也用这支歌调整自己的心态和情绪。

原载于2001年3月22日《金华晚报》

通 济 街

离开家乡很多年了,留在记忆中的一切都让我感到很有回味。家乡的变化日新月异,很多的街景、建筑、人物,也只有在记忆中才能见到了。

通济街和通济桥相连,那时还没有引桥,人们上下桥就靠街西头那一长溜呈扇面展开的石阶。沿江尽是饭店和茶馆,顾客以进城办事的农民和上岸歇力的船工为主,场面是很嘈杂的。凭栏处却也视野开阔,江流帆影尽收眼底。

街的东段被自东而来的街屋劈成一个分岔,劈岔处的房屋呈犁头状,有个很有意思的名称:龙舌嘴。记得在"龙舌"的顶尖部位,坐东朝西摆着副糖摊,专门卖生姜糖。这灰黄色的东西其貌不扬,但吃在嘴里很甜,还有股生姜的辛辣和清香。街南有两条弄堂。东边那条是酒厂工人挑水的通道,石板路总是湿漉漉的,这些人很凶,远远地就吆喝着要我们让道,所以我们是决不会去闲逛的。另一条是这一带的"美容区",满弄堂都是剃头担。街北有三条弄堂。靠西那条叫禹王殿,弄堂尽头是由禹王

明月双溪水

庙改成的小学校。居中的弄中就是那个酒厂,弥漫着醪糟气味。最东头的那条很短,三四户人家就到头,有意思的是尽头那幢房子是紧挨城墙的,在房子山墙和城墙的夹缝处,架着木梯,沿梯子爬上去就是城墙背。我们有事无事总喜欢去走一走,爬一爬。

通济街不算繁华,除了些小店家和作坊外,没有什么大商家。像样点的是名叫"万通"的南货店,售有炒米糕,上面印有"车、马、炮"字样,味道也不错。还有两家水果批发行,其中叫许荣记的那家,老板的儿子和我从幼儿园一直同班到初中毕业,又同时去农村插队,关系是很亲密的。他现在已成了水果大王,也可谓重振父业了。街东头拐弯处有爿火腿店,店堂里挂着火腿、香肠,还有圆饼状的"香肚",这东西现在市面上已看不见了。通济街又是很热闹的,因为这里是城市边缘,各种农副产品都在此集散。特别是上午,站在通济桥上俯瞰街市,黑压压的尽是人。

在关于通济街的记忆里,有三件事我印象尤深。一是1955年发大水,街上可以撑船;二是第二年大旱,夜里常有"接龙"的队伍穿街而过,队伍中有长长的板凳龙,龙头已过了龙舌嘴,龙尾的灯火却还在通济桥上闪烁,龙身的接合部由于人们互相拉扯,发出吱吱格格的声响,令人感到热闹而又有点儿恐怖;再就是大约在1959年前后,通济街突然由农贸市场变成了旧货市场,那些围着蓝汤布的农民,纷纷把旧家具拿到街上出售,从精雕细刻的架子床到坛坛罐罐什么都有,内中不少东西如果能保留到今天,将是潘家园的抢手货。

"通济"隐含货物流通之意。城市大多傍水,所以各地用"通济"命名的桥梁很多,通济街也不少。正由于这个原因,我对于那幅《清明上河图》很感兴趣，觉得内容气氛与家乡的通济街很相像，并无端地认为画卷中心部位的那座拱桥也应该叫通济桥。当然，张择端作这幅画时肯定是承平时节，不然的话，在他的笔下该是另外一种景象了。

原载于2002年12月8日《金华日报》

明
月
双
溪
水

怀念这么一所中学

一

第一次进金华二中,我只是个七八岁的小伢儿,父亲特意带我到各处转了一阵子。二中之大、二中之漂亮、二中之气派,着实让我大开眼界。

二中校园是个很像样的公园,绿化程度相当高,也不乏珍稀品种。如办公大楼前那株绿梅,一般公园不可能有。这些树木上都挂着一块木牌,上面写有名称以及植物学上的分类。标本主要是一些小动物和鸟类,陈列在大玻璃柜中。其中有一只金钱豹,斑斓的皮毛、跃跃欲扑的姿势,还有那呲着的利齿和劲健的尾巴,很吸引人,也很吓人。猴子被圈养在一个小围墙里面,一起关着的还有兔子、火鸡等。我是第一次见到真猴子,看它不停地蹦来跳去做出各种动作,觉得有趣极了。

我国传统教育强调"多识草木虫鱼"，二中在这方面考虑得就很周到。这实际上也是"素质教育"的体现，因为这样做，有利于学生智力开发和情操培养。整体上的大手笔和细节上的无微不至，可以说是二中创办之初的一个重要特点。这需要经费，更需要眼光，不知道当初是怎么决策的，也不知道最终拍板的是怎样一位领导，具体操办又是一些什么样的人？对他们我一直怀有深深的敬意。

可惜的是，那只猴子后来被狼咬死了。当时二中校园内有狼出没，我就亲耳听见过狼嗥。狼的存在，说明创办之初金华二中尽管校舍、设施是一流的，但也有条件艰苦的一面。凭着全体师生员工艰苦奋斗、励精图治，才使它成为名牌中学。

二

好像是1965年，二中语文教研组编了一本小册子，发给全校学生人手一册。我后来也得到一本。

这不是应付考试用的试题汇编，而是一本课外阅读文选。薄薄的一册，白纸铅印清清爽爽。不少篇章仅仅摘录其中一部分，选的都是当时来讲文笔最为精彩的散文佳作。这本小册子我珍藏多年，但最终还是被同样喜欢它的人借走而丢失了。

正是这么本薄薄的小册子，说明那一代语文教师见识的不凡和精神之可贵。从小册子所选文章看，目的显然是为了弥补当时语文教材过于偏重"载道"，而在"文学"上的不足，通过为同学提供这些富有文采的作品，来开拓大家视野，提高文学素养和

明月双溪水

写作水平。这和时下常见的一些急功近利行为，不可同日而语。事实也证明编辑者有远见有卓识，因为其中不少篇章，后来陆陆续续地被选入中学语文教材中了。可惜那本小册子已无处寻觅，不然的话，我将把它献给校史陈列室收藏。

我至今还保存着一本油印的婺剧曲牌，是洪开智老师送我的。洪老师是音乐教师，有组织一个学生器乐队，每天晚饭前后都集中训练，小册子就是洪老师刻印发给大家练习用的。里面选录了常见婺剧曲牌，乐器配置和"锣鼓经"，也注得清清楚楚。

这支学生乐队水准绝不比一些专业"后台"逊色，学校组织演出大型歌舞剧《东方红》，就由这支乐队伴奏。《东方红》的演出是二中一件盛事，动员的力量相当大，布景的幻灯片由我父亲绘制。那时也有高考"指挥棒"，金二中和金一中之间竞争就相当激烈，但师生和校领导还是如此舍得"不务正业"。

三

特种教室独立于毛栗山背，位置高旷、林木环绕，平时来人较少，是校园内一个闹中取静的好地方。雨天的声声檐溜、风中的阵阵松涛，愈显这里环境幽静。除了音乐教室和美术教室外，这里还是学校图书馆所在地，在这样的环境中，坐在阅览室里翻翻报纸杂志，或者穿行在书架中挑选心爱的书籍，是一种很好的享受。

孩提时代，我就喜欢到处找小人书看，但这里小人书远不如金华城里那些书摊多。到我能够看大部头小说时，我便饱尝甜头：我知道的小说这里都有，我不知道的小说这里更多，还有众多杂志，隔三岔五就来一本新的。于是，看小说成了我假期生活主要内容，我不断地借，狼吞虎咽囫囵吞枣地看，速度快得令大人们不相信，以为我未看完就来还了。他们不知道，有那么多好看的书在诱惑我，我能不快快看？

约在1968年的一天，父亲回家时告诉我，说是昨天有人撬开书库窗户，偷走了里面几本《宋史》。我听出父亲心中的矛盾，一方面他认为偷书不应该，另一方面对这位窃书者也有几分同情和赞赏。在那个特定年代，二中图书馆丰富的藏书对于青年人来讲，吸引力确实很强。这时我正在自学中国文学史，为了进去看书，便找出各种各样借口进图书馆，或者瞅准机会偷偷溜进去。在这种情况下看书，不可能悠悠然细嚼慢咽，我只能沿着书架一路搜寻，发现有兴趣的书，就抽下来翻看一阵子。就是用这个办法，我断断续续地，基本上把文学史中提及的代表性作品接触了一遍。这办法还挺管用，虽然只是大致的了解，但比单纯地就文学史看文学史效果好多了。

我一直把二中图书馆视为自己的"特种教室"。虽然自己并非二中学生，在她迎来五十周年校庆之际，我谨借此短文，表达自己的一分谢忱和良好祝愿。

原载于2003年6月印行《五十回眸——二中校庆集》

明月双溪水

难忘"街头管弦乐队"

老来怀旧,每当怀念故乡之际,就会想起通济街上的声声叫卖。

卖卤豆腐干的是个身材高大的绍兴人,挑着一副类似卖馄饨的担子,白围裙、白袖套,底气足,嗓门大,喊起来半条街都听得见:"五香豆腐干——五分洋钿买三块——"绍兴口音的拖腔特别好听,可以用简谱标出来。

受到五香豆腐干的召唤,我便跑到母亲那里要五分钱解馋,那豆腐干的香、豆腐干的韧,还有"绍兴佬"浇在豆腐干上面那一瓢甜酱的滋味,至今还留在我的舌尖上。

卖麻球的小老头,顶着个装麻球的小圆匾,边走边喊:"糯米——麻球——"节奏分明,尾音悠长,但缺乏旋律感,同是绍兴人,比"五香豆腐干"的叫卖逊色多了。

最热闹的是"烫人苞萝"(玉米棒)和"烫人花芋"(番薯)的叫卖。都是农家妇女,拎着个用毛巾盖得严严实实的小木桶,叫卖是口语化的,连节奏感也谈不上。但卖的人多,你一句她一句,便满街都是"烫人"了。氤氲在毛巾下面的热气和香气,也是很诱人的。

要算一位卖糖梗和蛋片的汉子最风趣。糖梗本是用来榨糖的,比甘蔗细,比甘蔗硬,只有斩成两寸左右一节一节,我们小孩子才咬得动。蛋片和现在常见的蛋卷是同一种东西,但模样呈圆片状。"糖梗节来——鸡蛋片来——"的叫卖算不上响亮,但他故意把"节"和"片"两个字咬得和金华方言中那两个不雅名词的读音一样,于粗俗中透出幽默。

那时金华还不会制造棒冰,卖棒冰的就喊"杭州西泠棒冰",这是强调棒冰的产地;有的则喊"莹凉棒冰",这是突出棒冰的特色。对我们小孩子来说,这"莹凉"两字的诱惑力非常强烈。有意思的是,"莹凉棒冰"和"烫人苞萝"恰好构成一副妙对。那时没有冰箱,卖棒冰的肩挎一只木箱,里面铺着厚实的棉絮,但冷藏的作用毕竟有限,欺侮我们小孩子,总把面上融化了的棒冰给我们,那"莹凉"的享受往往就很短暂。

后来由于粮食紧张了,低产的玉米越种越少,"烫人苞萝"的叫卖声也就没有了。有段时期,城里人定量供应的口粮中,要硬性搭配相当数量的番薯,吃得人们直冒酸水,"烫人花芋"也就没有了市场。那位卖糖梗和蛋片的汉子,"合作化"后成了一家合作商店的营业员,有时我们这帮小鬼故意朝着柜台后面喊一声"糖梗节来——鸡蛋片来——",对我们这些原先的老顾客,他只能报以无奈的微笑。

曾有一位英国人在所著《北京的声与色》一书中,把北京城

里各种走街串巷的叫卖,比喻为"街头管弦乐队"。金华城里的叫卖声其实也远不止我所写的这几种,只是鬼(读如"诸")王头人幼嘴馋,所关心的只是口腹之欲,其他的,就未注意了。

作于2017年

那时我们正年轻

呵，书……

意外的收获

那是1965年冬的事。

到阳岗水库的第一天傍晚，我和下放在同一个队的小陈、小赵一起在大坝上散步。我们一边吃着小店里买来的伊拉克蜜枣，一边观赏着这从未见过的水库景色。只见丛山如屏，绿水深沉，宛如一幅素淡的水墨山水画。暮色苍茫之中，只见一叶扁舟正悠悠地向水库远处行去。船上的三二农民隐约可见，欸乃之声似乎可闻。暮霭中那峰回路转的远处使人倍觉神秘，引起了我的无穷遐想，似乎这小船所去的地方，就是那虚无缥缈的桃花源。这时的我们，早就忘掉了自我，就好像是溶化在这大自然中一样，完全被这如画的景色所陶醉了。

当我的右手又一次伸进左手拿着的纸包时，我才感觉到蜜枣已经吃完了。我顺手把那张包蜜枣的纸一团，想把它丢掉，正

那时我们正年轻

当我扬起左手的瞬间,我的视线接触了手中的这张废纸,我的心为之一动,觉得这纸好像是线装书中的那种纸,我的大脑神经马上下达了命令:不要丢掉,看是什么东西。

我把这皱成一团的废纸抖开,当我看到印在泛黄的纸面上清晰的木版字"天将降大任于斯人也……"时,我禁不住"啊呀呀"地喊了起来。我像发现了新大陆,激动地朝小陈、小赵说:"快把包蜜枣的纸给我。""什么事啊,这么大惊小怪的?"小陈一边把纸递给我一边说。"这是书,书!"我说。"啊,什么书?"小赵说,一边急忙向前面走去,原来她的那张纸已经丢掉了。我们赶忙走上前去,幸好还未被风吹进水库里去,在大坝外侧的草丛中找到了那张纸。我把三张纸一拼,恰好是连着的三页。我说:"这是古书,是《孟子》。"我并没有读过《孟子》,但我知道"天将降大任于斯人也……"这段话是出于《孟子》的,我就断定是《孟子》了。

这时,我也顾不得和她们多讲什么了,转过身就往大坝下走,一边向她们说:"去,我们再去买蜜枣吃。"三个人就一起向大坝下的一个小村子走去。

这个村子叫溪西,就在大坝下面,从水库里出来的渠水紧沿着村子的东边流过去。刚好是修水库的时节,这小小的山村显得异常热闹。小店就在村东头路边,小桥流水,土瓦泥墙,从外表看来差不多和当地农民的住房一样。

走进店门,里面很是热闹:有买草鞋的,有买香烟、打煤油的,更多的却是买了黄酒靠在柜台上一边喝一边谈天的。自然,这些都是来修水库的民工。店里唯一的一个营业员也靠在柜台里侧,和这些吃酒的人谈天。这是一个近六十岁的瘦小老头,头戴一顶猴帽,脸上爬满了蚯蚓一样的皱纹,一副老花眼镜一直挂到了鼻尖上,似乎就要溜下来一样。我挤到了柜台边,对他说:"买半斤蜜枣,最好要包成三包。"我的意思是,分成三包就可以得到三张纸。我看他有点不耐烦,就指着旁边的小赵和后边的小陈说:"我们每人刚买过半斤,现在再买点吃吃。"他从眼镜上面对她们两人翻了一眼,毫无表情地称了半斤伊拉克蜜枣,他把称盘往柜台上一放,顺手就从柜台下边拿出了半本线装书……

啊!书,整本的线装书,这是我的宝贝哟!看见他拿在手上的线装书,我好像见到了久别的好朋友一样,心情很激动。我恨不得一把将那半本书夺过来。我想,买半斤蜜枣只能得三张纸,这,能解决问题吗?我眼巴巴地看着这小老头把右手的食指在唇边沾了一下,与拇指一搓,利索地在书面上数出三张来,只见他右手一顿,眼看三张纸就要从书上撕下来了。突然有人喊了一声:"老伯伯,这本书给我看看好吗?"这是小赵的声音,我转过头去,只见小赵正满脸是笑地望着这位老伯伯。

"书?"老伯伯放下了右手,眼镜后面的眼睛眨了好几下,似乎才明白拿在手中的不是包装纸而是书。于是他略带笑意地对小赵说:"好啊,你拿去看好了。"说着就把书递给了小赵。小赵把书递给了我,并得意地对我笑了一下。我一把接过书,就着昏暗的灯光翻看起来。这书比《孟子》要长些,泛黄的纸张显得很陈旧,书的骑缝处印有"国风""卷二"字样,字体分大小两种,大的是正文,小的是注解之类。书上还有红笔的圈圈和杠杠。

我冒冒失失地说:"老伯伯,这书是你自己的?""我哪来这些东西,我是从鸡毛担里买来的。"老伯伯微笑地说。"是买来的?有很多吧?""买来时一共有十六斤,已被我用了一半光景了。"

"啊,有十六斤!"我忍不住喊了起来。不假思索地问他:"老伯伯,这书包东西太可惜,你回给我好吗?""回给你? 那我拿什么来包东西呢?""这……""我们拿书同你换好吗?"站在我身后一直未开口的小陈说。哈,用书换,这真是一个好主意,这时我觉得小陈简直是世界上最聪明的人了。"我们用这样大的书同你换,纸张又大又硬,包东西是最好的。"小赵在旁边比画着说,她的话就是中听。"我还可以多称几斤给你。"我也忙不迭地说。心想,莫说多称你几斤,即使是三斤换一斤我也情愿。

"用书换,好啊。"这位老伯伯见我们这样说,竟也很爽快地就答应了。也不知是被小赵的话所打动呢,还是出于对书呆子的同情? 我想,主要还是由于对我这书呆子的同情吧。他转过身就进了被货架隔成的内室,过了一不会——虽说只是几分钟,但我是很有点望眼欲穿之感了——就见他抱着一大堆长长短短的旧书走了出来,隔着柜台递给了我。我忙从他手中接过来,这里面有《史记》,有《左传》,有《古文观止》等。这些都是当时不容易买到的书啊! 我好像是考古学家发现了古墓,探矿者发现了金矿一样兴奋得不得了。虽说只是一堆旧书,但在我的眼中这简直是一堆金不换的无价之宝啊! 啊! 这是一个巨大的发现。这真是一次意外的收获啊!

老伯伯很小心地把这些书叠好,在书的两头垫了好几层草纸,然后又用细麻绳把这些书扎好——现在,他当然知道这些是书而不是包装纸了——用秤称了一下就递给了我。他笑眯眯地说:"一共九斤,这些书你先拿去,你什么时候有便,再把你的书送来好了。"听他这样讲,我连"谢谢"都忘了说,高兴得抱起这一捆旧书就向门外冲去。

"等等!"我刚走到门口,老伯伯叫住了我们。我一惊,以为他要变卦。回转头,只见他满脸笑容地指着柜上的秤盘说:"你们的蜜枣不要啦?""哎呀,把蜜枣忘记了。"小赵说着就掏出手帕把蜜枣包好。我谢过了老伯伯,这才抱起书高高兴兴地和小陈、小赵离开了这个小店。

这时,我高兴得发狂,觉得自己的运气真好。竟在这修水库的工地上,在这小小的山村小杂货店里,得到这么一大捆书,发了这么一笔"洋财"。这确确实实是一次意料不到的收获啊!

读书人的事

我的父亲是在一所重点中学的图书馆里工作的。那里的藏书真多,两间礼堂一样的大房间,挤满了两人高的大书架,书架间只留下容一人穿行的空隙,书架上排满了各种各样的书籍。当我还是个小学生时,图书馆就成了我最理想的处所,放学回来就泡在小说书中过日子。有新书到时,父亲总要把适合我看的书介绍给我看,渐渐地,我所看的书越来越多,越来越厚,对图书的感情也越来越深了。

1966年,史无前例的"文革"运动轰轰烈烈地开展起来了。这时,我也早已下乡了,虽然我像怀念老朋友一样常常怀念图书馆,怀念那些书刊,但毕竟是与图书馆"绝缘"了。

到了1972年,社会上的书禁似乎略有放松,父亲也"解放"了,依旧回到图书馆工作。也不知是什么原因,我竟对旧体诗词产生了兴趣——这在当时是多么的不合时宜啊——唐诗、宋词我抄了好几本。自然,我又想起了图书馆,想起那数以万计的藏书。我想：这里面不知有多少诗集，有多少研究诗词的书啊！虽说如此，但当时我是不敢向父亲提出借书的要求的，更不敢说是借关于旧体诗词的书。我知道父亲不但不会借给我，而且还要无端地惹起他的烦恼和忧愁，那时他似乎是害了"恐书病"。有时，他偶然发现我带回家去的书，都要仔细地翻检，从作者、内容一直到书的来历，都要反复查问，好像这不是一本书，简直是一枚定时炸弹或者是一包砒霜。

有一次，我回家过春节，这时图书馆已恢复借书了，我鼓起勇气对父亲提出了借书的要求，殊不料他很爽快地就答应了，到吃中饭时，他果然抱回了两本厚厚的精装书。我赶忙接过来一看，哪知是两本关于水稻生长的论文集，里面尽是一些公式和符号，都是我所不懂的。我哭笑不得地真想把这书狠狠地甩掉，这时一个念头却浮上了我的脑际：我何不借口这书太深奥，以挑选浅显一点的农技书为理由进图书馆去呢。于是我对父亲说："这两本书我看不懂，让我自己去挑选几本浅显一点的看看好吗？""这……"我见他有顾虑，就说："反正我又不是借文艺书籍，这有什么要紧呢？再说我总得学习，总得看书啊。"听我这样说，父亲在犹豫一下之后也就同意了。

父亲打开图书馆门上一把很大的铜锁，我跟在他身后走进了阔别多年的图书馆。

啊，八年了，整整八年未进图书馆的门了，这是怎样的八年呵！我仿佛遇见了一位受尽了苦难的老友。啊，这不是当年那个图书馆了，它变得零乱、荒凉。空荡的架子上零乱地堆放着一些旧书，有的架子上还残留着封条。还有一些书则干脆就杂乱地堆放在墙角的地板上。这一切使人觉得这里不是一个图书馆,而是一个堆放废品的仓库。

"农业书在最后一排书架上。"父亲给我指点了找书的地方,就坐到案前去抄图书目录了。我从那些堆放在地板上的旧书前经过,一边低着头注意着脚下,不要踩在书上;一边不时地用手抹掉挂到脸上的蜘蛛网。无意中,我发现在墙角那边的一本小册子上似乎写有"格律"等字。我心中一动,忙弯下腰把那本书捡起来,原来是一本王力教授写的《诗词格律十讲》。翻开目录一看,这书讲的全都是有关诗词的知识,什么平仄啦,押韵啦,词谱啦等等。我当时正苦于不懂诗词格律,所以一看到这么一本书,就不顾一切地看起来了。

看了还没有几页,突然一只手伸来把我手中的书夺了过去,我吃了一惊,才知道不知在什么时候父亲已走到我的面前了。他把那书丢到墙角,用不满的口气说:"你要借农业书就快点借,我马上要去邮局拿报纸去了,要锁门了。"

我无话好说,只得悻悻然地借了一本有关化肥的书走了出来。

事后,《诗词格律十讲》这本书常常在我的记忆中涌起,我像天涯游子怀念亲人一样地怀念着这一本书;像饥饿的人渴望食粮一般地渴望着这一本书。我也曾向很多人借过,但在那样的时代,要想借到那么一本书,确实并不比大水灾过后,去向那些一无所有的人借一担稻谷来得容易啊。

我又一次回家了,晚饭后在和父亲闲话时听他说,前几天图书馆里的书,被人家偷走了几本。"怎么偷走的啊?"我问。"是扭掉窗栅从窗子里爬进来偷去的。"父亲说。"几本什么书啊?""几本《宋史》和《资治通鉴》。""呵!这偷书的人大概是想学历史而

苦于无书可读,才做这种事的吧。"我说。这时,我又想到了那本《诗词格律十讲》,我就没好气地说:"这偷书的人也是出于不得已啊,像现在这样,有志于学习的人到何处去找书看啊!"听我这样讲,父亲只木然地"哼"了一声,谈话就停止了。我心中有数,父亲是嫌我的话"出格"了。

不知怎的,那天晚上我总是要想到这一件事,而且往往要把这事和《诗词格律十讲》这本书连起来。终于,我也想去偷书了。我想起鲁迅先生小说中孔乙己的一段话:"窃书,读书人的事,能算偷么?"我决定趁明天去借农业书的时候把那本书偷出来,带到乡下去把它抄好,然后再偷偷地把它放回原处。我想,这有什么要紧呢?我既不翻墙越脊,也不撬门打洞,何况我看好以后还是要"偷"回去的,这"能算偷么?"

事情也很凑巧,大概老天爷也很同情我吧,在当天晚上下了雨,第二天早上路上稍微有点湿,于是,我就特意穿上一双高筒雨鞋,到图书馆里去了。

我把图书馆的门轻轻地敲了几下,过了会儿,门开了,父亲从门缝里探出头来。我说:"爸爸,这本书我还掉,再换一本好吗?"他没有说话,只默默地把门开得稍微大一点,放我走了进去。关上门,他就坐回到案前抄图书目录去了。

我一边在书架的巷道里穿行,一边注意地观察图书馆里有无其他的人。很好,除了我们父子俩外,并没有第三者。走到墙角那一堆书前,我弯下腰找了一下,见那本书就像是混在人群中的老朋友一样,杂在这堆书中。这时,我觉得浑身的血液一下子汹涌澎湃地"奔流"起来了,心脏的跳动也愈来愈剧烈,我似乎听见自己的心脏那"砰""砰"的跳声。我弯下腰把这本书捡了起来,并不直起身,猫着腰向周围巡视一圈,判断确实无人,我就很快地把书塞进了雨靴的筒子里,并把裤腿放到靴筒的外面,从外面盖住——尽管我的手抖动得不得了,但这一切我还是很麻利地做好了。虽然这一切我是在极短的时间里完成的,但我觉得时间似乎已过了很久了,久得使人受不了。我觉得脸上像发高烧一样火辣辣的;我觉得我的心就要从胸口跳出来了;我觉得我的血就要从口中喷出来了。我极力镇定着自己,迈着尽可能随便的脚步走到放农业书的架子前,我感到雨靴里并没有什么别扭的感觉,从外表上也看不出什么异样,我才如释重负地呼了一口气。

这时,我心中翻腾得厉害,一下子想:啊,我偷了一本书,我做贼了,我可从来没有拿过人家的一针一线啊!贼是怎样的啊?我想起了在祝家庄偷鸡被抓住的时迁;持斧行凶的娄阿鼠;人民法院布告上,那些五花大绑、脑袋一直垂到胸前、挂着牌子的盗窃犯。一下子我又仿佛看到穿着破长衫的孔乙己,"涨红了脸,额上青筋条条绽出,争辩道:'窃书不能算偷……窃书……读书人的事,能算偷么?'"我又想,反正我抄好就要"偷"回来的,现在只不过是暂时"借"一下。我又想到书禁得这么死,这么净,我们要学习,要获得知识,我们要看书,不偷又有什么办法呢?想到此,我的心平静下来了。

我在书架前站了一会,觉得自己已完全恢复常态了,才在书架上随便抽了一本书走了出去。这时,我感到满意,感到高兴,我也感到轻松。我又想起了孔乙己的那句话:"窃书,读书人的事,能算偷么?"

但我很快又想到:难道读书人非要"窃书"不可么?啊,是

啊！为什么要窃书呢？

想到这里，我毕竟又悲哀了。

原载于1980年8期《东海》

漏雨滴灯前

我忘不了陆家村的雨夜。

夜沉沉，雨沙沙，伴随着我的，是一盏油灯和漏雨滴在脸盆里的清响。记得广东音乐里有《雨打芭蕉》的曲子，粤曲那时与我无缘，雨点落在芭蕉叶上的韵味我也未领略过。然而这"雨打脸盆"的叮叮咚咚，就像古洞中的深泉滴水一样清幽；如同夏夜的月琴声一样清亮。那搪瓷器皿所特有的余韵虽不能"绕梁三匝"，却也很有点儿"袅袅"，使我想起白乐天"大珠小珠落玉盘"的诗句，和郭沫若的散文《丁东》那迷人的意境。

在这样的氛围中挑灯夜读，雨幕宛如一幅无边的隔音网，把一切人世的喧嚣和嘈杂都隔在网外，心中的烦恼和忧愁也被雨水冲刷干净，被无垠的宁静吸收光了。我虽然说不上六根清净超凡脱俗，却也清心寡欲，把那一门心思都放在这书本之中了。

知识青年的生活是清苦的，繁重的体力劳动也叫人够呛，工作，前途，爱情……这一切现实问题更惹得人心烦。好在那时既无"立体声"的干扰，也没有"彩电"的诱惑，自己也不作非分之想，只是一头扎进书堆当中，在这里寻觅自己的乐趣和安慰。那时，我最盼望的就是下雨，因为下雨天大都不出工，我尽可以放心熬夜，无须为第二天的出工顾虑，这可是雨夜给我的特殊恩赐。正因如此，我爱雨夜，我爱听那"雨打脸盆"的乐曲。讲起来也惭愧，身为一个种田郎，我却从不关心"秋雨杀禾"或"雨水过多，难以播种"一类的消息。因为当时十个工分，只买得一包价值一角八分的"雄狮"牌香烟，这物质财富，对于一个只拿四分半工分的知识青年来讲也实在太微乎其微了。

于是，不管是"润物细无声"的初春，还是"风雨大作"的深秋；不管是夏天清凉的雨夜，还是冬季严寒的风雪之晚，都成了我学习的"黄金时间"。我就像一块干燥的海绵，在雨夜尽情地吮吸。那间十平方米的房间，虽然放不下一张干燥的书桌，却充满着诗一样的兴味：生活在我眼前展开丰富的画面，贫乏的大脑得到了充实，迷茫的眼光变得清亮……

叮咚，叮咚……漏雨在不断地滴落，夜越来越深，越来越静，村巷深处的几声犬吠更增添了雨夜的安谧。我丢掉手中的烟头，又拿起了笔，翻开了书。灯油在渐渐减少，脸盆里的积水却在不断地增多，增多……

原载于1988年6月29日《浙江交通报》

忘不了这块黄土地

1994年9月7日上午，几辆来自金华的大客车，缓缓驶入龙游县湖镇镇下库办事处大院，载来了50多位原先曾在下库人民公社插队的金华知识青年，也载来了老知青们对下库这一块黄土地的深情。来客们和早已等候在这里的原下库人民公社老领导，现任的办事处主任，以及留在本地工作的知青伙伴们，掀起了一阵情感交流的热浪，整个办事处大院荡漾起热烈的欢乐气氛。

在整整30年前的1964年9月7日，曾有200多名金华知识青年来到这儿插队落户。他们被分配在全公社的各村各队，就像一股涓涓细流，渗入这一块黄土地中，开始了陌生的、令人激动的、有时也难免痛苦的务农生涯。他们向乡亲们学习农活，学习生活，锤炼意志和体魄；他们也以自身的知识和"城里人"的文化背景，在这块黄土地上激起一阵不大不小的清新之风。当若干年后他们陆陆续续结束知青生涯，走上工作岗位时，已不再幼稚，不再嫩拙；而这一方土地和这里的乡亲们，也就难免为他们

那时我们正年轻

所魂牵梦萦了。于是,终于有了这一次"探亲"活动。由于这天并非星期天,有的人是好不容易才请准了假,有的更是从珠海、福建、武义等地专程赶来。

灌溉面积4万余亩的社阳水库,是龙游县的最大水库。知识青年们当年都参加过水库建设,在工地上挥洒过辛劳的汗水,也吃过蒲包饭,这一次大家便先去了社阳水库。面对这山青水绿波光潋滟的风光,一种劳动创造的自豪感油然而生。在大坝、溢洪道等当年主要施工处所,更觉一木一石皆有情,都能勾引起他们对那热火朝天的劳作场面的回忆。水库管理处对这些远道而来的战友们,给予了热烈欢迎和热情接待,还赠送大家人手一册出版不久的《社阳水库志》。

走访当年插队的村庄,是这次活动的主要目的和重头戏,他们又像当年下乡时那样,很快就融入乡亲们中间去了。所不同的是,这一次没有了拘谨,没有了虚套;有的只是走亲戚式的亲密无间和绵绵之情。当年的房东大娘、支部书记、队长嫂嫂、小兄弟、小姐妹欢聚在一起;龙游式的金华话、金华式的龙游腔欢乐地交流;大碗的酒,堆尖的鸡蛋烧粉干,这家刚坐定,那家又来拖;那说不完的话,叙不完的情,半天时间实在是太短促了。面对此情此景,你将明白人们常说的"知青情结",其实是知青和乡亲们之间的一种双向的情感形态。王女士是最忙的一个了,因为她丈夫是五里路外另一个村子的知青,而丈夫因事未来,她就不得不两头跑,弄得她一头热汗,说出来的话却颇耐人寻味:"我是先去娘家(她自己插队的村),再去婆家(丈夫插队的村)。"

30年后重相逢,当年的愣小伙子和黄毛丫头都已是中年人了,他们当中有工人、教师、干部,也不乏经商或办企业的。多年的努力使他们在或大或小的范围里都成了工作上的骨干,拥有了一定的实力。黄土地上的变化自然也很大,乡亲们的笑声也比以前更甜。大家的谈话内容很自然地从拉家常转到为乡亲们献计献策上面来。建筑工人老包还当场将100元钱捐给自己插队的周家村小学,让孩子们买点小东西。100元钱是不起眼的,却是老知青们为乡亲效劳心声的一种表露。因为他们忘不了这块黄土地,因为这里是他们的第二故乡。

原载于1994年10月28日《金华日报》

口 福 难 忘

　　一次耘田时，我发觉前方稻垄有些异样，两边的稻丛都往中间倾仆并互相缠结，我用劲地推了一下手中的田箍，那交叉缠结的稻丛竟阻碍了田箍的推进。我好奇地趋前观看，只见两边的稻叶互相交结成一个窝，里面还铺着一团枯草，而枯草上则稳当当安放着10多个蛋蛋，这东西比鸡蛋小得多，淡褐色带黑斑纹的蛋壳在阳光下熠熠生辉，非常诱人。我连忙脱下笠帽，把这些小蛋蛋拎进帽兜，小小心心地捧到田塍上去。原来这就是稻鸡蛋。

　　稻鸡那咕咕的鸣声我早已熟悉，但这小动物鬼得很，虽然久闻其声却一直未见其形。稻鸡蛋的玲珑和斑斓也很惹人喜爱，把玩之余，却终于还是用来滋润了我和同伴们枯燥的肠胃。这10多颗玻璃弹子似的小玩意，相对于5个年轻人未免太微乎其微，我们就将蛋和面粉调和在一起，用葱炒成一大锅，虽已无多少蛋味，但这难得的野味还是深深地留在了记忆中。

　　一次我和一个知青同伴去镇上玩，途中我嫌那双新塑料凉鞋"咬脚"，便脱了鞋赤着脚赶路，可一双鞋子拎在手上总觉得是个累赘，便在路边寻了个有记号的地方，准备把鞋子埋在记号旁的稻田里，待回来时再取。我才跨进稻田，就发觉踩着了一个圆圆扁扁滑溜溜蠕蠕动的东西，心中惊喜，连忙招呼同伴，我知道他抓鱼摸虾有一套，不怕咬。他叫我踩牢别动，说着就跑过来，不一会，一只饭碗大小的鳖就牢牢地捏在他的食指和拇指之间了。

尽管那东西的四脚和头拼命扭动，还是乖乖地被同伴用汤布裹紧，缚在了腰上。

俗话有"斤鸡马蹄鳖"之说，从这个道理上讲，这一只鳖是很标准的。当时其他伙伴都回城休息去了，尽管只有我们俩，但小小一只鳖分量总太轻。于是我们做了分工，他回村去杀鳖，我则专程跑几里路割了一块精肉，还打了酒，称了一包花生米。这是知青生涯中最奢侈的中餐了，两人关上门慢吃慢喝，品尝鳖的美味，也咀嚼生活的滋味。等到我们从酒醉中醒来，才发现已是深夜，那清清亮亮的月光从窗口斜照进来，照着桌上的杯盘，也照着墙角那一双塑料凉鞋和那块包过鳖的汤布。

原载于1995年2月10日《宁波开发导报》

村舍琴声犹在耳

　　乡亲们称拉二胡为"挑粪桶担"，这自然是一种调侃和揶揄。他们的二胡是自制的，音色也就说不上悦耳；如果操琴者又是个生手的话，音响效果确实比挑粪桶担时那富有节奏和弹性的颤悠声还难入耳。

　　我是在学挑粪桶担的同时学二胡的。说来惭愧，十八九岁的大小伙子，干活却不如农家的姑娘媳妇。出于男子汉的自尊，我也硬撑着和正劳力们一起挑粪施肥，但是一担上肩，脚步先就踉跄，一双手更不知如何是好，又要扶住晃晃荡荡的粪桶，又得扳牢那根不合肩的硬木扁担，那情景真是十分狼狈。苦恼之余，便化三元钱买一把二胡，借以排遣心中的烦闷。只是学儒不成学剑也不成，肩上的硬木扁担总缺少那富有节奏的韵律，手中的琴弓拉出来的声音又是那么的生涩干巴。

　　想不到的是"挑粪桶担"的乐声，居然也吸引了不少村人，他们与二胡并不隔膜，他们熟知"千日胡琴百日箫"的俗谚，惯于劳作的粗手掌操琴拉弓也挺得心应手，肚子里的地方戏曲牌更是一套一套抖落不尽。从此,我的小房间成了大家的娱乐中心,月上柳梢,便有人来拉琴唱戏。村舍中琴声四起,悠悠扬扬,与那阵阵蛙鼓相谐共鸣。"挑粪桶担"这一不无幽默的比喻,也就不时地出现在人们的口语之中了。

后来我才知道,过去村里曾办有叫作"锣鼓班"的自娱团体,大家凑点谷米,请个教戏先生来教唱地方戏和器乐。据说目的是为了吸引子弟们的兴趣,以免他们沉湎于赌博酗酒之中。尽管大家的日子都很紧巴,逢上凑钱置办锣鼓家什,是没有人会吝啬的。村支书年轻时就是锣鼓班的骨干,不但能拉会唱,还能识"弓尺谱"。由于受地方戏高亢粗犷风格的影响,也由于是长年劳作形成的习惯吧,他们操琴喜欢用短弓,直来直去犹如拉锯,节奏感很强,但少了些二胡所特有的那种如诉如泣的韵味。他们便很羡慕我,因为我虽然也很有限,但毕竟能照着乐谱上的记号运用弓法、指法拉一些曲子。由于这个原因,渐渐地,他们就把我列到"挑粪桶担"的范畴之外了。

正是这把二胡给我的"知识青年"生活增添了不少欢乐和亮色,和乡亲们合奏,尽管并不一定很和谐很动听,但能获得一种感情上的沟通和共鸣;独处时,拉一曲《江河水》或《二泉映月》,能使自己领略到一份心境平和的愉悦和欢欣。正因如此,我当时就暗下决心,有朝一日能挣工资时,一定要去买一把像模像样的红木二胡。

遗憾的是,我早已告别了挑粪桶担的生活,由于受功利物欲的驱迫,高级二胡的宏愿也早成泡影,浮躁的心境和二胡早已绝缘。

有时,我也会怀念那村舍里的悠悠琴声,从而引发出一种深

深的失落感。这一方面是为了自己,另一方面也是为了乡亲们,因为他们现在也不再操琴拉弓了,尽管他们现在也不再缺少买一把二胡的钱。不用说,那缺少琴声的明月之夜,自然也少了一种意境和情趣;一味地"听取蛙声一片",也难免聒噪和单调。

原载于1995年3月31日《宁波开发导报》

伴我度过那个年代

　　说起来我俩缘分确实不浅，因为我们有着太多的共同点。我们都是知识青年，我是从金华下放插队的，他是从永康回乡安置的，两人成了同一个生产队的社员，在同一条田垄里挥汗，在同一本工分簿上考勤，在同一个谷堆里分口粮，也同时听那位半文盲的"革命领导小组"组长，结结巴巴地传达文件……

　　我们的父亲都是中学教师，而我们的爷爷却都是"分子"，在那个特定的年代，也就使我们难以避免地有了相同的困惑和无奈。好在靠了家庭的接济，我们的口袋里多少还有几个零用钱，便不时地结伴出游。方圆二三十里范围内的几个集镇都是我们常去的，找一个饭馆，炒几样小菜，滋润一下被萝卜干和霉干菜刮得冒火的肠胃；也在对酌的微醺中发泄一些心中的积愫。如果是夏天，还顺便在衢江里游几个来回，舒展一下久困于村边小池塘的手脚。冬天日短，我们常常赶夜路回家，便在那空旷的乡路上来一段"北风吹"或"穿林海，跨雪原"，亮亮那难得放肆的嗓子。

我曾跟一个东阳工程队做过半年木工，他也在永康无师自通地学得几手木匠活，两人便常常凑在一起，讨论有关榫头和拼缝一类的问题。他有粗刨我就办细创，我有圆凿他就买平凿，合起来刚好一副木匠担。他还会来几下泥水活，我则懂一点油漆，两个"三脚猫"搭配起来，就很有点"万事不求人"的味道了，有时还被乡亲们请去帮点小忙，混一顿酒饭。

我们都有一把口琴，也都有一把胡琴。但口琴不好变调，局限性太大；二胡又都太蹩脚，音质很差。后来大队里办了文艺宣传队，指令我们去"坐后合"，还给了钱让我们去办"家伙"。在县城文具店里，他选了一把椰子壳的板胡，我选中一把雕着龙头的二胡；板胡清亮激越，二胡沉郁悠扬，当晚我们又是独奏又是合奏地尽兴了好一阵子。

在我们的带动下，一班年轻人自发地组织了篮球队，用替供销社背肥料换来的钱买球，在蓝背心上印了号码和村名。比赛时他当中锋我打边锋，两人跑动传递配合默契，所以老是听到对方的队长教练在喊叫："盯牢8号和12号！"

当然，我们更多的空余时间是用在看书上，每当我从金华或他从永康回来，我们都能为对方提供使之惊喜的书籍。那时年轻气盛，两人聚在一起褒贬作品和人物，就很有点"粪土当年万户侯"的气概。记得当我们好不容易弄到一本《李白与杜甫》时，由于这是当时仅有的几本新出版的名家著作之一，我们曾为之兴高采烈；但当我们看了这本书后，又很为书中的一些提法和观点而不满，失望的我们曾用两个晚上的时间攻击作者，包括使用一些乡村里常用的骂语。

那时的生活其实远不如这里写得有趣，农活的繁重，经济的拮据,前途的无望,因文化背景不同而造成的与乡亲们沟通的困难,以及政治待遇的不公正等,都令我们苦闷,令我们烦恼。正因如此,当历史终于翻过了这一页,我们都开始了新的生活以后,那一段相伴相携共同度过的生活,也就成了我们的美好回忆了,尽管有点儿辛酸。

原载于1995年5月2日《衢州日报》

吃蒲包饭的日子

　　当大坝的巍峨身影在视野中出现,车里的气氛便很不一般了。我们一行三十多人是专程来访旧的,当年出力流汗嘈杂繁忙的工地,变成山光水色交相辉映的风景胜地,旧地重游能不感奋激动?

　　主人们盛情地款待我们这些当年的建设者,面对热烈的场面和丰盛的酒菜,我不由想起那早已淡忘了的蒲包饭……

　　我插队的村子离工地有十多公里路,上工地时大家只得借住在水库附近一个小山村的农户楼上。初到那天,我正在安置铺位,队长上楼来发给每人一只用细草编成的小袋,要大家量米烧饭。这草袋就叫做蒲包,袋口还拴着长长的一截细绳。我学着社员的样子,把米装入蒲包中,用那截细绳把袋口扎紧,蒲包就成了一只拖着长尾巴的老鼠。看着队长把大家的"老鼠"拿下楼去,我心中不由嘀咕:就这么个草袋,怎么烧得熟饭?

　　约莫过了半个钟头,队长就在楼下喊吃饭了,一走进灶间,就有一种煮粽子似的香气扑鼻而来,待锅盖揭开,随着热气的蒸腾弥漫,香气更为浓郁。由于吸足了水分,只见锅水中那一只只"老鼠"涨得紧绷绷的,比原来肥硕多了。我解开"老鼠尾巴",舀一匙送进嘴里,才知道蒲包饭味道很好,不但有一股清香,而且特别糯软韧实,这道理其实和裹粽子一样,只不过用的是蒲草而不是箬叶。那时正处于没菜也能吃三大碗的年龄,蒲包饭更增添了我的食欲。在工地上,用蒲包烧饭确实是好办法,因为不必专门安排炊事人员,只要房东主妇在烧饭时顺便夹几根柴添点火就行了,非常方便。而且大家可按自己的饭量掌握米的多少,避免了煮大锅饭按人头平均摊米的弊端,那年头人们对大米可是看得很重的。

但是吃蒲包饭的日子却不好过,工地上干活是繁重的,不是挑泥,就是挖泥,或者用独轮车拉泥,都是硬碰硬的重体力劳动,不咬紧牙关很难坚持。工地上的生活更艰苦,睡的是稻草铺,洗的是冷水脸,穿的是草鞋,吃的菜不是萝卜干、霉干菜就是咸酱和酸菜。就是那清香诱人的蒲包饭,也有令人难以下咽之处:我每次饭后总把蒲包洗干净再重新使用,有的人却洗得很马虎,甚至干脆不洗,大家都在同一锅水中煮饭,可说是你中有我、我中有你,所以这卫生问题就很令人头痛。记得工地指挥部附近有家饮食店,我有时去吃一碗馄饨或者肉丝面,算是尝点肉荤。在这里常遇上知青伙伴,"同是天涯沦落人",互相间难免叹叹苦经,而最为大家诟病的,就是这同吃同住中的"卫生问题"。

修水库时是冬天,虽是农闲时节,但社员们要进山砍柴,还要准备一些必不可少的年货,还是很忙的,大家便轮换着分批上工地。尽管社员们换了好几班,我却一直坚持在工地上过着这吃蒲包饭的生活。因为工地上干活主要靠蛮力,只要你是成

那时我们正年轻

年男子,管理人员就给你开和正劳力一样的工分票,这不但使我挣的工分比在生产队劳动多,也使我为自己争得了一份男子汉的尊严。说来实在惭愧,由于不谙农活,我在生产队里只算辅助劳力,堂堂男儿只能厮混在妇女堆里干活,脸上实在无光。出于同样的道理,不少知青伙伴也都和我一样成了工地上的"长期民工"。待久了,情况也就熟悉,于是我们在社员面前也就有了发言权。正是这吃蒲包饭的日子,使我们开始获得社员的认同……

　　酒过三巡,气氛进入高潮,于是在酒酣耳热之中我举杯提议:让我们为蒲包饭干杯!

原载于 1996 年 5 月 16 日《杭州工人报》

杯中岁月

来了两位气枪朋友，房前屋后转了大半天，就有大半脸盆的斩获。七手八脚弄出一脸盆堆尖的萝卜块烧麻雀，去代销店打来老酒，"百鸡宴"就摆开了。只是麻雀和鸡实在不能比，七八双筷子一拨拉，脸盆里面就呈式微状态，很快，仅剩的一点萝卜汤也浇了饭。大家便鼓盆而歌，唱"社员都是向阳花"，唱"太阳啊，霞光万丈"，唱"联络图我为你朝思暮想"，唱"再见吧亲爱的妈妈"……

我们俩同寝室，喜欢大白天关起门来对饮，这时人们都出工了，没有人会来打扰。酒是那种三角贰分一斤的黄酒，现在是只供烧菜没有人喝了。菜也简单，炒一碗黄豆，切几片生榨菜，买几只酥饼。如果还有家里带来尚未吃完的两三节香肠，就很奢侈了。我们的目的是为了把盏谈心，以"三点头"为媒介，求得宣泄和慰藉，图的是一种精神享受。这不是当下时髦的"吃情调""吃气氛"可比，因为后者只是商家们为了多赚几个钱而弄出来的花样经。

宿舍隔壁就是生产队的仓库,有人闻香而来,我们当然热情地邀之共饮。话题却不得不改换,因为并不是任何人之间都能倾诉的。

一个冬天的夜晚,我们在朋友家的厨房里围着那口水缸聚首而坐,水缸盖上摆放着他特意准备的酒菜,有肉,有泥鳅干,还有花生米、虾片。场面就像张中行老先生所说"还能体会到诗意"的老北京"大酒缸"。

夜已深沉,外面寒风正紧,大家却意兴正浓。这是一次送别的欢聚,明天一早,朋友就要到他母亲工作的那个城市那个单位上班了,老朋友有了人生的新开端,互相之间自然就有很多话要说。忽然,他有了写诗的冲动,找出一支铅笔和几张纸片,率先"打油",大家也就纷纷续貂。这里不是大观园,我辈几个初中生也绝无七绝五律之类的修养和训练,但在当时的氛围中,即兴胡诌,最能抒发大家心中的积愫。"诗者兴也",可谓至理。

不久前,朋友来访,谈及往事,那些"诗作"他居然还珍藏着。我亟嘱下次一定要带来,好重温当时的意兴。现在吃酒的机会是很多的,酒的档次和菜肴的丰盛更非那个时代可比,但那一份真性情却难寻觅。更令人感伤的是,酒缸诗友中的一位已因车祸早逝多年,思之泫然。

原载于2003年7月17日《衢州日报》

田野的色彩

古樟·红曲酒·会场

——盆地印象

古　樟

　　盆地多古樟。乡野间问路,人家往往随手一指:"喏,那老树下就是。"顺着所指方向,远处就有那么一株老樟树兀然而立,在天地间擎起一片如烟如云的树盖。树下屋舍幢幢,炊烟袅袅。

　　老树大多雄踞村口路头,盘根错节虬枝缠结,枯槁似的树身有着门似的空洞,而那裸露在地表的树根,却像一只青筋暴突的巨手紧攥大地,表现出强烈的生存欲望,叶色葱茏的巨大树盖,更显示着生命力的无比旺盛。

　　老树往往都有一段故事,或朱洪武大战陈友谅,或乾隆皇帝下江南,以此给一代又一代的孩子以历史的启蒙。如果孩子体弱多病,父母便带他到这老樟树下焚香点烛跪拜行礼,并放一阵鞭炮,企求得到樟树娘的庇护,有的甚至令孩子认樟树为干娘。

因此，乡里以"樟"字取名的特别多，樟生、樟寿、樟贵、樟根、樟土、樟水、樟新等等。要是在公共场合喊一声"樟根"或者"樟生"什么的，你往往会发现有数人同时应答，内中有老有少有青年有壮汉，足见"樟"字辈繁衍之盛绵延不绝。"樟"者，"长"也，大吉大利也。只是樟树娘似乎特别重男轻女，干女儿不太多。

老樟树成了樟树娘，便被人格化和神化，因而也就有了各种禁忌和按时祭祀的规矩，这来历自然比那些"宋樟""明樟"都远为悠久。也正如此，才使这些古樟虽然饱经风雨而依然蓊郁苍翠，装点着河滩、丘陵和山沟，为盆地增添一分风采和神韵。

早些年曾时兴樟木家具，独板樟木箱和时下的遥控彩电一样成了婚房必备之物。物质的欲望，曾驱使一些人将无情的刀斧对准了樟树娘，但他们难免心存顾虑，不敢贸然动手，砍伐时大多故意慢吞吞磨蹭着，直到有不明情由的人提出"为何还不动手"的诘问，这才下手。即使这样，待到大树訇然倒地的一刹那，伐木者们纷纷将上衣剥下，朝树木倒地的方向抛去，让倒下的树身刚好压在衣服上。

1991年正月，我去大姨家做客，遥望见村东头斜伸着一个如伞如盖的巨大树冠，便约了外甥带路，准备到那大树下盘桓一阵，寻点雅兴。这是一株四五人合抱的大樟树，插在树根边的几圈烧剩的香梗和贴在树身上的红纸条，说明它拥有不少干儿子。外甥指着树旁那幢新造的楼房告诉我，那是某某人家的。据说在挖墙脚时，那人不小心掘断了樟树的一条根，断根中曾流出了殷红的血。不久，那人就被拖拉机轧断了一条腿，不等新屋落成就一命归天了。外甥也是个"樟"字辈，叙述这个故事时他的神色很认真，还挥动右手，在他穿着的正宗石磨蓝牛仔裤的大腿上用力地比画了一下。

　　我注意到新屋的大门上虽然也贴着春联,但用的却是绿纸,说明这里确实办过丧事,而且墙壁未粉,油漆未刷,场院也未整理,看来这户人家遭有不测是确实的。外甥还告诉我,为了避免遭灾,村里几个老资格的"樟"字辈,正与死者家人商议,打算把房子拆走,另换屋基。反正死者的两个儿子都在外面跑生意,花点钱并不在乎。

　　今春去大姨家拜年,我怀着对那幢楼房的悬念,想再去看看。外甥不在家,我便独自到大樟树那里去。转过村东,远远看见那幢楼房并未拆迁,而且已经粉刷一新,马赛克的装潢异常考究。块石垒成的围墙,砖砌的院门,构成一个很有气派的院落。紧傍着围墙东侧,就是那株苍劲的老樟,叶色葱茏的树冠朝里斜伸,和新楼互相呼应,叶色与粉墙互相衬托,再配以近处的麦田,远方的青山,明朗的云天,从绘画的角度看,我觉得它犹如一幅和谐多彩的田园风景画。

红 曲 酒

　　在盆地,酒是万万不可缺少的:做生活吃力了,用酒解乏。心中有了烦恼,借酒浇愁。遇上高兴事,几口酒入肚,好兴致便进入最佳状态。就是女人家生孩子,也得用"产母酒"养身催奶。在现代生活中,酒是处理人际关系的润滑剂;传统风俗活动中,筵席佳肴中真正唱主角的,还是这"三点头"。

　　冬闲时节,办喜事的特别多,随着爆竹声在四野时起时伏,穿得新括括,挑着小箩担的汉子,便来来往往不绝于途。如果互

田野的色彩

相认识，擦肩而过时免不了招呼问询；素不相识，相逢于凉亭茶店也要聊几句。打问之下，大家都是去走亲戚贺喜的。亲戚有疏有近，喜事有大有小。或嫁女，或娶媳，或做寿，或住新屋，或做满月，小箩担中的贺礼虽然略有差异，一坛红纸封口的酒是少不了的。贺喜的主要内容是吃，吃的主要内容就是酒，所以方言办喜事叫"装酒"，贺喜就干脆直称为"吃酒"。

北方汉子喝酒豪气痛快，喜欢烈性酒，满上满干的吃相，使得进酒场如同上战场，酒量平平者唯有退避三舍。绍兴人吃老酒讲究滋味，细斟慢酌，认真得如同做学问，免不了有那么点"师爷"遗风。盆地人吃酒，"醉翁之意不在酒"，在于那份热闹和欢娱。因而酒席上非豁拳不可，而且讲究气氛的热烈，因为越热闹则越尽兴，主人家也越高兴。他们不是为吃酒而豁拳，而是为豁拳而吃酒。逢上"好日子"，办喜事的人家中，那"一定恭喜""两家好啊"的喧嚷，户与户相接，村与村呼应，自昏达旦声声入耳，粗犷热烈的气氛一直扩散开去，如果坐车经过，你会觉得偌大的金衢盆地中这种喧闹几乎不绝于耳。

这种场合也是力和智慧的较量。力体现在酒量的大小上，智慧则表现在善于劝酒和善于回避人家的劝酒上。入席之初，大家斯斯文文地聊天，规规矩矩地挟菜，小小心心地喝酒。但是，平静中却藏着"杀机"，暗暗在观察颜色，估量同桌的实力，寻找进攻的对象。待到酒过三巡，就有与主人关系亲密的人提出"玩几下"的建议。玩什么？当然是玩拳指，即豁拳。场面一旦摆开，喧闹之声顿起，一来二往脸红耳热之中，客人间的拘谨消失了，长幼、贫富、文野等界限破除了，于是胸脯敢拍，牛皮好吹，得罪人的话也不计较了。在斗智斗勇的较量中，一个个都成了语言大师。有的雄辩，有的幽默，有的如吟诗，有的像唱金华戏。人们的聪明才智得到发挥，人人都获得一份自我表现的满足和尽情宣泄的快感。待到兴尽曲终，少不了有几个醉倒在地。不过，他们会得到主人的好生照料，因为酒席上醉的人越多，主人家就越光彩。

盆地里"会吃酒"的标准，是酒量大而拳指又强。如果不会饮酒但善于豁拳，也会得到人们的倾心佩服。如果既不会饮酒也不会舞弄拳指，大家也会原谅他。最被人看不起的，就是那种酒量大而拳指蹩脚的，人们斥之为"穷吃"，认为和这种人吃酒"一点味道也没有"。所以那些泥水匠木匠等吃百家饭的人，仅有一身好手艺是吃不开的，必得再辅以一手包打天下的"拳艺"，才能算是一个完整的好手艺人。

妻子的二叔就是一个被大家公认"会吃酒"的人，他的酒瘾大，但拳瘾更大。当年我去做"新女婿"时，当然也喝酒，但酒席上豁拳却不是什么"一定恭喜""四季发财""十全大利"之类字眼，而是二叔杜撰的，"一定解放（台湾）""两条路线（斗争）""三面红旗（万岁）"等口号式酒令。记得那次我和大家热热闹闹地玩了一个通宵。妻子娘家亲眷很多，喝酒的机会也多，而那次拜年活动中，要数在二叔家的这一顿吃得最痛快。

一方水土养一方人，一方人也有属于自己的一种酒。金衢盆地上多的是稻田，当地人吃的就是那种家酿米酒。这种酒用红曲发酵，叫红曲酒。每年过了农历十月十，人们便开始做酒，一个家庭少则几瓮，多的便用大酒缸盛放。男子汉如果不会做酒，那就不是一个合格的当家人。待到新酒酿成，一定要请二三知己品尝。冬夜无事，尽可以慢慢呷慢慢聊。菜不一定丰盛，拳

田野的色彩

却不能不豁。不少善饮之人,大场面上应付自如,而在这种场合却往往是不醉不回家。红曲酒并非上品,酒中悬浮着一些红曲,有点混浊,但酒味却和当地的民风一样醇厚,酒性也和当地人的性情一样平和。不知究竟是这样的人造就了这样的酒呢,还是如此的酒酿就如此的人!

现在,农家的酒席上已不再是红曲酒一花独放,但对红曲酒情有独钟的人仍然不少。那天我应邀去二叔家尝新酒,一碗酒下肚,他的话就多了起来。他很有几分感慨地说:"吃来吃去,还是这红曲酒有吃头呵。"老人家这几年见识多了,褒贬起各式各样的酒来确也言之凿凿:啤酒是造肥料的;葡萄酒像红糖汤,喝了几口就咽不下;四特味道是好,可是劲太足,谁也不敢用它来豁拳;加饭倒蛮合胃口,不过要让我这种酒鬼玩惬意,一桌酒席该花多少钱?说话间,那只善于耕作也善于猜拳的大手已伸到了我眼前:"来,玩几下!"

赶 会 场

会场就是庙会。在盆地,凡是像样点的集镇每年都有次把,其中以金华的白龙桥、罗埠,兰溪的游埠,龙游的湖镇,衢县的樟树潭最有名。这些都是大镇,又处于交通线上,当然非寻常村镇可比。

会场是乡村里最大规模的群众活动。会场要演戏,如果戏班来得多,就形成"对台戏"。旧时还要演"天亮戏",鼓乐声通宵达旦。会场还有外地来的各种杂耍和本地的传统灯彩,气氛十分热烈,实际上,会场就是一个大型的群众性文化娱乐活动。

会场最大的特点就是人多。一个镇子突然拥塞进几万人，街面上人挤人，一条四五十米长的小街，不花上个把钟头，不出一身大汗，休想通过。来的人多，停自行车的地盘就大，稍有不慎，成千上万辆自行车做起"多米诺骨牌"游戏，很是壮观。因此赶会场也是为了看人，看人家唱戏，看人家争打，看人家卖狗皮膏药，看人家摆时髦，看人家发"会场财"；看女人，看醉汉，看乞丐，看"三只手"。老伙伴相逢，骂一句"老勿死又来啦"，潜台词则是"多多保重，明年再会"。当然，赶会场也是相女婿、找对象的好机会，小伙子发现老同学胳膊上吊了个漂亮女郎，就做个鬼脸，便算是打了招呼。

会场也是商业活动的集散地。当家汉们早有划算，女儿的嫁妆儿子的家具孙子的泡泡糖老母亲的汤婆子自己的旱烟管以及老婆的猪崽鸡娃，尽量趁这个机会采办。定了亲的年轻人，双双去会场扯布办货，能增添甜蜜的回忆。小孩子也喜欢将攒起的零钱，去换回一份小小的满足。

本地的店家施展各种手段招徕生意，外地来的摊主一个个摆着见过世面的架势，从从容容地任你讨价还价，不怕你最终不乖乖地把口袋里的钱掏出来。

俗话说："袋没三分银，不到会场行。"会场是花钱的地方。赶会场最惬意的是能赚别人的钱，最体面的是能遂心花钱，最满意的是买到自己想买的东西却又花了最少的钱，而最窝囊的是赚不来钱也花不起钱。每到散场之时，乡路上那流水般的人群中，就会有人骂娘，为"下次再也不来"赌誓发咒。然而骂归骂，咒管咒，待到来年，还是照样往会场赶。

会场的形成有浓厚的宗教色彩，来历也很久远。像龙游县

田野的色彩

湖镇的"九月十九",就起源于北宋庆历四年(公元1044年)镇上舍利寺重修后菩萨开光之日。会场的本意在于娱神,其实是娱人。在自然经济条件下,由于它顺应人们的精神生活和物质生活的需要,这才得以形成并久盛不衰。"文革"期间,庙会虽也列为"四旧",但大多还是继续得以保留,人们也照"赶"不误。其原因除了"习惯势力"的影响外,恐怕主要还是"经济规律"在发挥作用吧!

庙会也并非一成不变的。中华人民共和国成立以来,它的宗教祭祀色彩就渐渐淡化而至消失,变成"物资交流大会"。近年来,"物资交流"又基本被纯粹的钱物交易所取代。现在,随着经济生活的日益发展,一些原先没有会场的村子,也借"国庆""劳动节"等名义办起会场。由于会场增多,那些摆摊设位的生意人,往往在一地只待一两天,就收拾起货物急急忙忙地到另一个会场去了。于是赶会场的这个"赶"字,更显得名副其实了。

原载于1992年第3期《江南》

野田笑声多

你嘴对我嘴，

我手抱你腰，

屁股里死骚(烧)死骚(烧)。

这话是个姑娘面对面说给我听的，当时我们正在耘田，脚下是青青禾苗，天上是朗朗晴日、悠悠云天。乡亲们三五成群地散布着，上畈下畈笑声一片。

坦率地讲，乡亲们是喜欢讲"荤"话的，上面的那几句话就很有点儿"荤"味。在田畈劳作时气氛最热烈，笑声最多的，往往就是在讲"荤"话之际。从他们口中吐出的"荤"话，其实并不像人们想象的那样恶俗不堪难以入耳，因为这当中运用了大量约定俗成的隐语，在这种场合，那些平时显得嗫嗫呐呐的庄稼汉，成了妙语连珠的语言大师，比喻、借代，甚至通感等修辞方法运用得非常娴熟，形象思维的灵感也发挥得淋漓尽

073

田野的色彩

致。有时明明是一句正儿八经的话，一旦略加点染，也会变样走味。记得有一次耘田，因为顺便还要割一丘稻种，所以大家下地时不但背着田箍，还在腰间插着镰刀。途中突然有个姑娘发现自己忘了带镰刀而喊了声："哎呀，我的家伙（方言中工具的意思）忘记带来了！"话音刚落，一个男人的声音笃悠悠地从队伍后面接应过来："乱讲，你的家伙不是好好地随身带着！"就这么一句话，引起众人一阵哄笑。

刚下乡时，对于乡亲们那未免粗野的玩笑我也感到不习惯，浸润既久，我明白这其实是一种庄稼汉的幽默和对生活的自我调节。正如他们所讲的那样："不讲不笑，讲讲笑笑日头下山也快。"世世代代，大家就是在这充满原野气息和庄稼汉幽默的笑声中，打发着辛劳和艰苦。

乡亲们开玩笑也并非毫无顾忌，有一次插秧时，一位中年汉子一边低头插秧，一边说笑，隔壁田里一位大嫂便不紧不慢地丢过一句话来："这么大的图（女儿）站在面前了，还闭着眼说得起劲！"就这么一句话，立时把一个滔滔不绝的话匣子关上了。

本文开头那几句话其实也并不"荤"，这只是一个谜语，因为当时大家正在猜谜，那姑娘就出了这么个谜面叫我猜。话一出口，她自己先忍俊不禁地掩嘴而笑。这种谜语当然难不倒我，我很快就猜出这是"吃烟"——那种用烟筒抽的旱烟，作为谜语，其实还是很形象很贴切的。

乡亲们的语言难免粗野，但他们的笑声是无邪的。

原载于1994年12月6日《衢州日报》

田野上的金华戏

　　孩提时喜欢看戏,那时少不更事,对于情节、演技之类一点都不知晓,无非是赶个热闹而已,图的是台上大锣大鼓的武打场面和台下那热烈地喝彩。有一次随父亲上街,父亲在街头和一位同事招呼,同事的妻子也摩挲着我的后脑勺,和父亲寒暄了几句。她是浙江婺剧团的著名花旦,为此我很感得意,以后看戏,对这位花旦的演出也就有了兴趣。

　　后来我插队到金衢盆地的一个小村子,下乡不久,和伙伴们进山去修水库。快到山脚边一个村庄时,有一大帮孩子迎上来跟着我们跑前跑后,村口也挤满了男男女女老老少少,朝我们望着笑着指指点点地议论着。同去的乡亲告诉我们,原来这村子今天要演戏,村人把我们这一伙知青当成戏班了。我想不到戏班会受到人们如此的欢迎,出于好奇,当晚特意约了伙伴,赶十几里路到那个村子去看戏。

　　这是我第一次在乡下看戏,和城里的婺剧相比,乡下土生土长的金华戏更为粗犷高昂,场面的热闹,气氛的热烈,还有散场

田
野
的
色
彩

时乡间小路上一条条电筒光的"火龙",都给我很深刻的印象。更有趣味的是这里演戏没有后台,演员们就在戏台边化妆,我不但可以欣赏他们的演出,还可以看他们化妆看他们聊天看他们抽烟,倒也别有一番滋味。看这种戏是很吃力的,要站要挤要闻各种怪味,还要经受大锣大鼓长号唢呐强烈声浪的冲击,但我还是很兴奋。自此以后,只要附近有村子演戏,我都要去看,哪怕农活再累,哪怕要赶七八里路,图的就是这狂热质朴的野趣和浓郁的生活情调,因为这一切在城里的剧院中是无论如何也领略不到的。

浸润既久,见识便多,我发现看戏是乡亲们家庭生活中的大事,阖家老少都穿戴得整整齐齐集体行动,乡路上都是这么一支支农家队伍。平时一本正经的农家夫妻这时会变得亲昵,小孩子也破例地听话,就连总是搅不扰的婆媳之间,也会出现暂时的和谐。

至于那演戏的村子,喜庆气氛更胜过大年三十,家家户户都忙着办酒备菜,一方面是为了招待来看戏的亲眷,更主要的是为了款待派到家里来吃饭的演员。这些土生土长的演员是很随和的,男的是健谈而有酒量,女的都是些嘴甜手勤的乖巧人,与那些讲客套的亲眷相比,他们反而显得更亲热。这一份情义,与我当年被那位名花旦摸摸头皮的际遇相比,自然要深厚得多。

我还发现,戏场里往往有一两个多少有点儿"二百五"的人物,台上台下地忙碌和维护秩序。这类人物中以光棍汉居多,因为只有他们才乐于干这种吃力不讨好的差使借此亮亮相,也只有单身汉才有这份闲心和余力来尽这份义务。"二百五"们难免要出几下洋相,引发人们的哄笑,营造出一种情趣氛围。他们实在是不可或缺的角色。

我自幼性情孤僻不善言辞,加以一直都在城市里生活,农村对于我来讲是一个完全陌生的天地,刚下乡那阵子,和乡亲们的关系总融洽不起。无聊之中,我便买了一把二胡,借以打发寂寞。

想不到正是这一把二胡和几支婺剧曲牌,使我理顺了下乡后的"人事关系"。我那一间小小的"知青屋"竟越来越热闹,最后发展成了名副其实的"俱乐部",老支书还亲自带我去城里选购了一批二胡笛子锣鼓铙钹。

在我国众多的戏曲中,婺剧只是一个小剧种,不像越剧、京剧那样风行全国。作为一个地方剧种,婺剧在自己的家乡却又是如此地深入人心,扎根于人民群众的生活之中,使大家入迷得忘乎所以如痴如醉。于是,就产生了这样的俗谚:傻子做戏,呆子看戏。其实在金华戏的故乡,不管是做戏还是看戏,都是一种"傻子"和"呆子"之间的双向交流和共同参与,弄不清是这样的人孕育了这样的地方戏曲呢,还是这样的地方戏造就了这样的人。正因为如此,作为"呆子"中的一员,当我面对那多姿多彩的电视屏幕时,便会不由自主地回忆起乡下看戏的情景,回忆起那挤满了人更掺满了热情和欢乐的"大会堂"。

原载于1994年12月《文学港》

田野的色彩

趣 说 泥 鳅

　　曾在外地友人家吃饭,席间,主人端上个热气腾腾的小砂罐,他的表情和砂罐之精致都告诉我,这是一道不寻常的菜肴,惹得我也不由地有了几分急切。待罐盖打开,我又哑然而笑了,友人视若珍宝,名之曰"地龙"的物事,不过是我们那里的泥鳅罢了。

　　在江南稻作地区,泥鳅是再普通不过的了。稻田里有,沟渠里有,池塘里更多,凡是有泥又有水的地方都有。我插队的村子,位于金衢盆地中心,是典型的产稻区,也是泥鳅的产地。在水田劳作时,一脚踩下去,常感到脚底心有小东西一滑溜倏然而去,这自然是泥鳅;插秧时,手指尖也常常触到尖尖咀,当然也是泥鳅。

　　泥鳅的捕捉很容易,有经验的人蹲下身子在泥水中摸索一阵,一条泥鳅就在他掌中了。如果发现某条水渠泥鳅很多,人们就把水渠两端筑断,把渠水戽干,这时泥鳅都钻进渠底那一层烂泥中了,只要把烂泥细细翻一遍,如此竭泽而渔定有可观收获。

还有一种两端各绑一根长竹竿的泥鳅网,样子很像游行时的横幅,使用者两手分执竹竿,站在塘边那么一撒一抖,泥鳅就成了网中物。我的房东就有这么一张网,逢家中来了客人,他便捎着网出去,客人一杯茶未入肚,他已拎着满鱼篓的泥鳅回来了。

最有趣的是照泥鳅,晚上用电筒照明,顺着沟渠田塍搜索,一发现泥鳅就用泥鳅钳去夹。钳的式样如同夹柴草的火钳,但口上有锯齿,那泥鳅无论如何也溜不走。春夏之交将雨未雨之际,天气特别闷热,泥鳅也纷纷浮上水面,是照泥鳅最好时机。每逢这样的夜晚,只见黑沉沉的天幕下,旷野里灯火闪烁,似繁星点点,又如游龙蜿蜒,把个沉闷的黑夜装点得富有生气而又有几分神秘。如此一夜,弄个10斤并不算多。

泥鳅的味道以鲜嫩见长,口感和身价不凡的鳗鱼相近,可煎可炖可炸可焖,也可用酒呛,泥鳅滚豆腐更是一道雅俗共赏的名菜。家常的餐桌上多见,饭馆酒楼也有以之为当家菜的。用谷糠火把泥鳅烘干熏黄,还可以长期存放,用来炒青辣椒特别开胃。泥鳅的营养价值是很高的,由于它富含高蛋白而不会引起胆固醇过高,因而在日本被称为"水中人参"。

泥鳅的生命力和繁殖能力很强。近年来由于农药的施用,使得不少水族都成了珍稀之品,泥鳅却照样繁衍不绝,以低廉的价格供人们享用。"蒌蒿满地芦芽短,正是河豚欲上时""西崦人家应最乐,煮葵烧笋饷春耕""鲥鱼出网蔽洲渚,荻笋肥甘胜牛乳",这类诗句的背景和泥鳅无异,田园诗人们应该是品尝过泥鳅滋味的,却未见有咏泥鳅的诗作传世,可见在他们的心目中泥鳅的身价也不高。

倒是在金衢盆地一带的正月灯会中,除了惯见的龙灯之外,

还有一种"泥鳅龙",其表演程式和舞龙灯相差不多,但制作较简单,形状也酷似泥鳅。可见先民们在祈求风调雨顺的同时,也未曾忘记祈求上苍保佑来年泥鳅多多。听老农们讲,过去这一带因土质差,稻田板结,泥鳅也就少。自1960年代开始广种绿肥以后,土质得到改善,生活于泥水之间的泥鳅也就愈来愈多了。

看来,称泥鳅为"地龙"还是很恰当的。

原载于1995年8月22日《联谊报》

晒萝卜干

入冬以来天气一直晴暖,我不由的想起在乡下晒萝卜干的事。我们这里习惯在冬天收获萝卜,因为这时农活松闲,腾得出功夫来晒萝卜干。

当满车满担的萝卜进了村,埠头和水井边就挤满了洗萝卜的人和水桶、脚盆、箩筐等家什。这时洗萝卜可不是那么斯斯文文地一个个地揩,而是用一把竹丝扫帚,用力地在浸满萝卜的大脚桶里边搅边刷,换那么两三次水,原先沾满泥巴的萝卜就变得白白净净了。

场院里又是另一番景象,晒谷的篾垫、晒烟叶的竹夹,以及各种各样的团匾、晒筛,甚至连门板、桌面都搬了出来,晾满了切成条、刨成丝、削成片的萝卜,在暖融融的冬阳下泛着玉白色的光,氤氲着一种特有的淡淡的清香。而那些女人们却似乎永不满足,依然一个劲地洗着、切着、摊晒着……

这些手脚不停地忙碌着的女人自然是唱主角的。她们高声大嗓地呼喝着,把丈夫指使得团团转;一边还时不时地和邻家主

田野的色彩

妇谈天说笑,通报信息;同时也忘不了和那些蹲在墙根孵日头的闲汉说几句粗野而并不淫邪的笑话。正是她们的好兴致,把这冬日的风光撩拨得分外活跃和生动。

萝卜干的加工有萝卜条、萝卜片、萝卜丝三种。晒萝卜条比较麻烦,晒一天后要加盐揉搓,直到有水分出来方止。第二天又照样晒照样加盐揉搓,如此一直四五天才算完事,拌上辣椒粉装入坛中密封。它的特点是咸辣松脆很开胃,但老是吃也不好受,我在乡下时就因连续吃而反胃呕吐。过去形容商店学徒生活苦,说是要吃三年萝卜干,其实比农家的生活已好得多了,在我们那里,一年到头饭桌上几乎都少不了这么一碗萝卜条。

萝卜片和萝卜丝加工要方便得多,刨成丝削成片晒干就成。萝卜片晒得不多,只有待客时才会烧一碗萝卜片焖猪肉,在农家的菜谱中已属高档美味。萝卜丝却是大量的,可以用来做菜,过年必备的"八宝菜"中就少不了它。在乡亲们的心目中,萝卜丝更大的用处是备荒。传说一个大水灾之年,一位带着一袋珠宝的财主,与一位带着一袋萝卜丝的贫民在荒岛上相遇,财主想用珠宝和贫民换萝卜丝遭到拒绝,最后财主被饿死,贫民却靠着这一袋萝卜丝活了下来,而且那一袋珠宝最终也为贫民所得。这个故事我曾多次听乡亲说过,这也可说是一种忧患意识的反映吧,因为那时在青黄不接之际,用萝卜丝烧粥煮饭是少不了的。为了尽可能多晒萝卜丝,人们就连那鹅卵石的溪滩和不沾泥的岩石背,都利用起来摊晒萝卜丝,远远望去白花花的分外醒目。

萝卜的品味以种在稻田里的最差,种在山地里的为好。十多里外有个叫下童的村子,地处衢江边,周遭尽是平展展松蓬蓬的沙地,所产萝卜个头特大,白鲜鲜、水灵灵、味道最佳,所以俗谚道:下童小娘(姑娘)乌皮皮,下童萝卜赛雪梨。

原载于1996年1月31日《明州快报》

田野的色彩

乡村的夏夜

  曾在乡下生活多年,因此每逢炎炎酷暑,就禁不住要怀念起乡村的夏夜。

  村西那口水塘,是白昼与夜晚过渡之处。每当夕阳的余晖开始为塘边那棵弯脖子老柳树抹上亮色和光彩时,这口专供村人洗澡的水塘就热闹起来了。来得最早的是孩子,然后是些年轻人,最迟的是当家的汉子们,人们先先后后跳进塘中,享受这大自然的抚慰与洗礼,击水声、嬉笑声呼应着村子里女人们呼鸡吆猪的悠长余韵,构成乡村傍晚特有的欢快声浪。而当人们在水中尽兴撒欢,涤尽了热汗和污垢,荡去了疲惫和劳累上得岸来,正在甩头挥臂抖落身上的水珠之际,猛可地一阵清风吹来,感到通体舒泰的人们这时才注意到虫草唧唧,月上柳梢,夜色早已笼罩了四野,村子上空的炊烟也早已散尽,只有幢幢灯火在夜色中散发着温柔的光。

  乡村的夏夜只有天籁而没有过高的分贝,这里的清风不用钱买,这里的月色和星光也分外柔和清幽。乡下人的夜生活是平淡的,也是舒适惬意的。

庭院里,人们或坐或躺,以各种最为舒适的姿态安顿自己的躯干,这是一种以家庭为主体的聚会,那话题海阔天空随意变换,唧唧哝哝的言谈中充满融融亲情。

姑娘小伙们总是不安分的,他们和她们以性别为界限,各自集合成自己的队伍,以各自不同的方式寻找乐趣,释放自己过剩的能量。也不知是有意还是无意,这两支队伍总会在某个地方遭遇,或村头大树下,或村边公路上,或学校的操场里。一旦两支队伍汇合,那气氛就分外热闹,那情景也就有点儿微妙。

那些半大孩子,却是尴尬的无所适从者,院子里坐久了,他们会感到乏味,厮混到青年人的队伍中去,又挨白眼讨没趣。百无聊赖之中,他们便盼望着能放一场电影;那唱新闻的吴胖子也不知死到哪里去了,尽管那"新闻"都是老一套,吴胖子的哑嗓子也并不中听;最不济的话就是村子里开个什么会也好,总可以凑点热闹。

瓜棚夜话,自然是夏夜的乡村最有情趣的事。月色朦胧,星光璀璨,夜风习习,露凝草湿,在瓜棚里最能体会到夏夜的清朗和安适。时或几声瓜蔓拔节的脆响,更令人感受到夜色里孕育着的那一份旺盛的生机和活力。看瓜的都是上了年纪的人,和他做伴的,则是那些放夜水的,放夜水要熬夜,所以都由上年纪的人承担,他们满畈子转了半夜,乏了,渴了,便聚到这瓜棚子里来。看瓜的人发现远处有衔着香烟火的人影踽踽而来,便去水沟里把那早就浸着的西瓜、香瓜捞上来。老哥弟们吃着瓜、抽着烟,说说年景,话话桑麻,心境分外平和愉悦。趁着夜

田野的色彩

色的掩护,大家也放下了平日做长辈端着的架子和脸面,唱几句戏文,开几句不正经的玩笑,任凭那舒心的笑声顺着夜风飘荡……

原载于 1996 年 9 月 14 日《浙江交通报》

黄 堂 赶 会

　　星期天去乡下亲戚家玩,听说附近的黄堂村恰好有"会",便动了游兴。所谓"会",就是过去所说的庙会,现在庙大多已没有,但百物汇聚、人海如织,去凑凑热闹也好。观民风、察人情,看看庄稼人的新生活,这种场合是很理想的。

　　顺着乡间公路,约五里路看见一座石桥,桥对岸就是我们要去的黄堂村。村中那虬枝横逸的古樟、黑瓦白墙的旧式民居,和这青石便桥遥相呼应,替村庄抹上一层历史色彩,也给千百年留传下来的庙会活动,营造了一种环境氛围。

　　进得村去,当街横幅上一行文字却令我很感惊异,那红布上赫赫然写着"丰子恺先生百年诞辰纪念活动"。众所周知,丰子恺是桐乡市石门镇人,祖上是在石门镇开染坊的,我也曾专程去瞻仰过古运河畔的缘缘堂,好像并未听说过与这金衢盆地中心的古老村子有什么瓜葛。有心想打听一下,可是被那拥挤的人流裹挟着根本容不得我止步。终于,前面传来了鼓乐声,人流在一幢祠堂模样的大宅前的院子里疏散开来,正对祠堂大门处,立

田
野
的
色
彩

087

有一块石碑,上面刻着"丰子恺祖地"几个大字,碑阴的文字解除了我心中的疑团,原来黄堂村是丰氏聚族而居之地,丰子恺的先祖是从这里迁往桐乡的。

祠堂里正在演戏,锣鼓声非常热闹,观众也不少。古老的祠堂,旧式的戏台,传统的婺剧,一切都是旧时庙会的景观。倒是戏台两边那幅"弘扬名人文化,振兴地方经济"的对联,却颇有新意和时代特色。

附近一幢民房里有"纪念丰子恺百年诞辰书画展",书法内容自然是紧扣主题,美术作品则以临摹丰子恺先生漫画为主,作者几乎都是姓丰的,作品中透露出乡野朴拙之气,可见作者都是本地村民,从中可看出他们对这位前辈艺术家的崇敬和热爱。

村街上依旧热闹,人多、商品也多,特别是农家必需的农具、耕牛等,体现着乡村"物资交流"的性质。和街上的热闹相对应的是,家家置酒,户户请客,猜拳声声,不绝于耳。按乡下传统,凡村子里有庙会演戏这类活动,都要把四乡八邻亲眷招来热闹一阵,因为这是乡下人的一个重要节日。在这节日中居然融入了对文化名人的纪念,不能不说是一种社会发展时代进步的体现。

回家后,我找出丰先生的著作,果然在其《桐庐负暄》一文中发现这么一段话,"我们的老家,是浙江汤溪。地在金华相近,离石门湾约三四百里,明末清初,我们这一支从汤溪迁居石门湾。三百余年之后,几乎忘记的自己的源流,直到二十年前,我在东京遇见汤溪丰惠恩族兄,相与考查族谱,方才确定我们的老家在汤溪。据说在汤溪有丰姓的数百家,自成一村,皆业农"。丰先生文中还说："我初闻此消息,即想象这汤溪丰村是桃花源一样的去处。其中定有良田美池,桑竹之属,和黄发垂髫怡然自乐的情景"。美好的想象当中,流露出丰先生对祖居地的向往之情,而祖居地的乡亲们用传统的庙会形式来纪念自家的文化名人,这确实是一种美好情感的双向交流,令人感动,也令人欣慰。

原载于1998年4月1日《衢州日报》

田野的色彩

089

竹海深处荫凉多

　　热浪滚滚,酷暑炎人,难免产生对避暑的渴望和向往。记得有年盛夏,我去青岛,海风固然爽身惬意,却苦于找不到住宿之处,好不容易才找到一个幼儿园落脚,白天是孩子们的天下,晚上才容我们把宝宝们的小桌子拼起来睡觉。本想好好洗几次海水浴,一看海滨浴场那"下饺子"似的场面,也就不敢"下海"了。因此我总认为,避暑并不一定要去什么胜地名山,还是就近去我们龙游的南部山区,找个风景秀丽的小山村住几天更实惠。在龙南山区的竹海深处,多的是清凉世界。

　　龙南山区,可谓山高竹深。房前屋后,修篁成林;山上山下,翠竹满山。登高而望,满眼翠竹,望不到头,看不到边。近看尚见修竹亭亭,摇曳生姿;远望唯见竹浪迎风,绿波荡漾;更远处那是翠绿接天无穷,顺着山势的起伏迤逦迷迷茫茫地铺展延伸。因而就有了这么一个颇为生动又十分贴切的名称——竹海,构成了一个无处不种竹,无处不青翠,无处不荫凉的世界。再猛烈的阳光,被这幽篁修竹一遮拦一过滤,绿影婆娑之中也就消失了那一份灼人的气势;翠竿摇曳,便生发出那么一阵阵或大或小的徐来清风;于是这万山竹海中便自成了一个小气候,这小气候凉爽到什么程度? 用山里人最质朴的语言和最真切的感受来说,那就是——夜里要盖被子。竹簟生凉,薄被御寒,怎不令我等生活在水泥森林中靠电能降温的可怜虫们羡煞?

当然,令人神往的并不是仅此而已。避暑毕竟带有一点有闲有钱的味道,总还得讲究些许物质的享受和精神的消遣才是。比如喝茶,山里多产好茶叶,也多山泉水。水用毛竹管接到家里来,并不必为汲水而辛苦。又如蔬菜,盛夏季节,竹园里马鞭笋正好长成,马鞭笋烧咸菜汤,可是鲜和嫩的最佳组合,而且特别开胃。夏天也是吃石蛙的季节,这家伙生活在山沟溪涧里,晚上拿着手电筒去转一转,保管你不会空手而归。如果你肚子里装有几首唐诗宋词,平时也喜欢"酸"几下,那么不妨也去竹林里坐坐,山泉边溜溜,体会一下"清泉石上流"的意境和"独坐幽篁里"的心境。也可追怀"竹林七贤",或领略"不可居无竹"的真谛。如果你崇尚"小资"的生活方式,那么只要你不是爬得太高钻得太深,你的生活将依然充满时尚的趣味,依然不失格调和品位;因为龙南山区虽然山高竹深,却并不闭塞,便捷的交通条件把这里和外部世界紧紧地系在一起;山里多的是新建成的楼房,卫浴设施一应俱全,信息网络进村入户;由于不少年轻人外出打工去了,这些新楼房不少是闲置着的,你更可以享受到一般旅馆里所缺少的独立和自由。

比方说沐尘村。"沐尘"两字就平添了几分爽洁和清凉。这里是乡政府所在地,自有交通、购物、信息交流的便利。这里又是标准的山区,青山围合,竹箦漫山,灵山江与三元岭水在村东

田野的色彩

南交汇,绕村而去,名副其实的山清水秀。当年余绍宋先生住村中邻竹斋,曾赋有"万山深处绿成团,此是南乡最胜观"的诗句,就是对这里风光的写实描写。这里有荷花潭可供你垂钓和嬉水,也有沐尘泉、雷峰塔、乌石庵、凝和阁等古迹供你流连,住个10天半月,暂避那炎炎苦夏,更有何求?

原载于2003年8月15日《衢州日报》

生活的滋味

车过白龙桥

等我把手头的工作交代好，去金华的汽车已开走多时，无奈，只得匆匆跳上412次列车。今天我是赶着去参加晚上的《逻辑学》结业考试，因为仓促应战，不得不临阵磨枪，找好位子，就翻开了《逻辑学》。

一路顺风，列车一直没有交会，不知不觉中竟很快地就到达白龙桥车站了，这是到金华的最后一站，车厢里不由纷乱起来。看着大家那紧张忙碌的样子，我心中暗暗好笑，这一段路是起码要交会一次的，如果前几站没有交会，那么就得在白龙桥这最后一站补上，而且这一"补"，时间往往来得更长，没有二三十分钟就别想走。早着呢，我乐得安安心心"磨"自己的"枪"。

坐慢车最怕的就是"交会"。记得有一次就是在这白龙桥站，列车一趴下竟停了近一个钟头。那时正是大热天，我被挤在过道里动弹不得，好不容易盼来了姗姗来迟的快车，我不禁为救星的到来而长长地吁了一口气。哪知快车过后列车还是赖着不肯动弹，停停复停停，一直等到一列货车和另一列快车先后通

过,才慢慢启动。当时车窗外正有一头老牛在耕田,眼巴巴地看着它慢悠悠地兜圈子,竟也有一大块稻田犁了出来,而我们挤在这现代化的交通工具上,却像生了根似的寸步难移,加上又闷又累,这滋味可不好受。"把我们撂在这里烤鱼干啦""早知这样我走也走到了……"车厢里不由怨声四起。正因为怕吃"交会"的苦头,这几年到金华去,我是宁可多花点钱坐汽车的。

我的估计没有错,正当我埋头于"判断与推理"之中时,有一列快车呼啸着交臂而过。"还好,这么快就来了。"当快车的最后一节车厢在我眼前闪过时,我抬头瞥了它一眼宽慰地想。也就在这一瞬间,我却疑惑起来了:车窗外既没有站房,也没有月台,有的只是一片绿色的田野;而且列车也正以快速奔驰着,不像刚刚交会过的模样。我正感到诧异,前面座位里传来了赞叹声:"嘿,这双轨到底要方便得多啊。"闻声我连忙探身窗外,只见以前杂草丛生的路基现在已砌上了块石,变得平整严实了。更令人吃惊的是,原先与铁路交叉的机耕道现在都改为立交,从路基下面穿行了。这时正有一辆手扶拖拉机轻轻松松地从桥洞里钻出来,旁边的一块水泥牌上则赫然写着"九号立交"。

眼前的景象不由我大大吃惊了。铺双轨的事去年就听说过,我以为这并非一朝一夕之事,并未把它搁在心上,谁知这么快,这真是意料不到的。

就在这时金华已到,现在轮到我手忙脚乱地收拾行装了。

原载于1984年10月《金华日报》

乡　韵

在沪宁线上的一个小站下了车，一踏上故乡的土地，我就感受到了商品经济的强劲脉搏和勃勃生气。那些新冒出来的店铺，竟挨挨挤挤在站前形成一条像模像样的街道；上下车的旅客更是多得出奇，在街上拥挤成一条人的河流。不难看出，内中大多是些风尘仆仆的生意人；出站口挤着一长溜搭有白布棚的三轮卡，还有几辆"小面包"，也在等候人们的召唤。那马达的轰响和车老板们拉客的吆喝声，更增添了这里的繁忙和活力。

街上多的是小饭馆，一家一户搭起临街的布棚，挂着雉鸡、野兔、狗腿，摆上几张那种可以折叠的钢管圆桌。费了不少劲，我才找到仙仙开的饭馆，眼前的仙仙远非几年前可比，落落大方又精明老练，加以一身时髦脱俗的打扮，完全是一个风韵犹存的老板娘模样了。她的女儿小娟更是耳环、项链全副武装，职业性的微笑甜甜的。不用说，她们娘俩这样的班子，可算是开饭馆的"最佳结构"了。

生活的滋味

正是中饭时候，又恰逢火车到站，几张圆桌都被顾客占满了，仙仙虽然高兴，却也无暇客套，她丢下手中的菜勺，带我穿过店堂后面的院子，到她家堂屋坐下，一边快手快脚地泡茶，一边带着歉意要我先在这里坐一会，丢下一包香烟，又匆匆忙忙地到店里去了。

这是一幢两层楼房，房子和屋里的一切都新括括亮堂堂的。仙仙这几年的景象我早有所闻，实地一看，更体会到她家是确确实实地大发了。呷着热茶，吸着香烟，我感到又高兴又惬意。可惜父亲没有同来，不然的话，看到这些，他老人家真不知有多么欣慰了。

和前面的店堂相比，这里依然保留着乡村式的宁静和安谧，和煦的阳光下，悠然的鸡鸣声在四周回荡，有着一种清新、明朗而又亲切的气氛，正在这样的时光，我又听到了那熟悉的乡韵：

> 叽咕嘎、叽咕嘎
>
> 磨豆浆，合饭饭
>
> 你一碗，我一碗
>
> 什么菜？老芥菜
>
> 什么饭？碜糙饭
>
> …………

奶声奶气的吟唱声从屋后传来。那里是一个农家小院，几个七八岁大小的孩子在院边的柳荫下玩耍。歌声如丝如缕地传来,如此熟悉,如此温馨,对于我这刚踏上故土的游子来讲分外撩人心弦。

我就是在"合饭饭"的歌声中认识仙仙的,那年我才七岁,趁暑假和父亲第一次回故乡,来到姑母家中。按照乡下的待客规矩,姑母烧了两碗鸡蛋粉干款待我们,可是父亲却把他碗里的三个鸡蛋夹了出去,还从我碗里也挟出了两个。姑母便露出一种很着急的神态,硬要把鸡蛋夹回来,两个人推让了好一阵子,最后是我和父亲各吃了一个鸡蛋。当时我感到很奇怪,不知他们为啥要把几个鸡蛋这么推推让让地夹进夹出,反正我的食量本来就小,一碗粉干都吃不完,也就没有去注意那几个挟出去的鸡蛋。

吃了点心,我跟父亲到外面去玩,看见姑母家的院子里围着一帮和我差不多大小的孩子,不知是在弄什么名堂,泥巴、野草狼藉一地。看见我们,内中的一个女孩子乐滋滋地说:"舅舅,我们也烧鸡蛋粉干吃呢。"她把手中一截瓦片伸到我父亲面前,那上面散乱着一些青绿色的松针和几颗圆嘟嘟的松球。

父亲告诉我这是仙仙表姐,要我和她一起玩,父亲的脸色很严肃,说话时一点笑意也没有,这原因我现在是很明白的,当时可不清楚,我也并不细想,就随着大家"叽咕嘎、叽咕嘎"地唱着玩了起来。

开始我并未把这位小表姐放在眼里,但几天下来,我对她就服服帖帖了。别看她瘦瘦小小的不起眼,那帮上下岁数的孩子却都听她的,因为她点子多。就说"合饭饭"吧,她用水把黄泥调成烂泥浆,却说是"苞萝糊",她会用泥巴捏出"小麦饼""春花馒

头""清明粿";她还用苞萝衣裹"粽子",而刨花片拌黄泥就成了"糖炒年糕";她甚至还用荷叶卷成一个个小圆筒作为父亲带来的"鸡蛋卷",用两张树叶夹上烂泥当作"夹心饼干"……这些诱惑力极大的名堂,使得一帮馋鬼"吃"得特别有味。

每当"合饭饭"到了高潮,她便做起了"新娘子",用件衣裳蒙着头,呜呜咽咽地哭唱:"娘啊娘,花轿两头红,年纪十八嫁老公啊娘……娘啊娘,囡要嫁个好老公,买田买到水碓头,造屋造出四方楼啊娘……"别看她小小年纪,倒也有腔有调,惹得那些妇女们直夸她唱得像,有人还说她长大肯定是个当家的好料。

仙仙后来真的是十八岁就出嫁了,临出门时她却只是沉着脸呆呆地发怔,一句也没有"唱",尽管"哭嫁"是当地风俗,新娘子临出门时都得哭唱一番,据说是"越哭越发"的呢。大家心里都明白,仙仙对这门亲事很不情愿,这里是产粮区,虽不富裕,白米饭总能吃饱;她婆家可是常年吃苞萝糊、番薯的山区。但事情由不得她做主,仙仙有四个兄弟,造房子娶媳妇是她父母的一块心病,女儿进了山,木料总不必愁了,这也实在是一种没办法的办法啊。

当时,我代表父亲去吃喜酒,回来后把这些讲给父亲听,父亲很是叹息了一阵。他是很喜欢仙仙的,老是夸她聪明能干,为了让仙仙读书,父亲和姑母争执多回,还一次次地汇钱给仙仙交学费,仙仙却只那么断断续续地凑合了几年,终于连个小学也未读完。

窗外那"合饭饭"的游戏已进入高潮了,小家伙们的玩法和我们当年并不相同。只见一个梳小辫的女孩子站在一副磨盘边尖着嗓子起劲地吆喝："吃饭啰,酒菜面饭样样有噢——"离她不远,一个男孩子骑坐在一张长凳上,正装出一副很用力的模样低俯着身子蹬着腿,那顶歪戴着的遮阳帽随身子的扭动抖颤着,似乎就要掉下来。他身后还有一张方凳,一个小姑娘叠着腿,袖着手坐在方凳上,她的身子还那么微微地后仰着,脑后垂着一丛"马尾巴"。我禁不住哑然失笑了,他们是在骑车子呢,看那架势无疑是一对恩恩爱爱的小夫妻,正赶路进城或者是走亲戚吧。

时代毕竟不同了,虽然那"合饭饭"的歌谣还在孩子们当中流传,但"合饭饭"的游戏是有了新内容啦。感慨中我不由的想到仙仙,她的新生活是从开了一爿卖烧饼、油条的铺子开始的,后来又通过亲戚关系在车站旁边开起小饭馆,加以丈夫和两个儿子或者做生意,或者做手艺,都在外面赚钱,这日子就更不必说了。

这时"马尾巴"从方凳上跳下来对"小辫子"说:"烧两碗片儿川,再加四只包子。"

"做生意发财了吧?""小辫子"拿着小木棒在磨盘上做着炒菜的动作,她的身份自然是个饭店"老板娘"了。

"就是知道做生意!"小娟对这儿戏却很反感,她是来招呼我过去吃饭的,也看到了这一幕,这时,她脸上那甜甜的笑意被一层阴影笼罩了。

"做生意有什么不好,就只能你家发财?"见她一脸的不高兴,我便开玩笑地反问。小娟却并不搭腔,从口袋里摸出张折着的信纸递给我。

"这是高中入学通知书。舅舅,你劝劝我姆妈吧。"她的声音中已带了哭腔。原来仙仙因为饭店里缺少人手,不肯让小娟去上学,她认为女孩子有个初中毕业足够了,还是趁早赚钱实惠。"都快开学了,我都急死啦。"小娟的眼光中有哀怨也有祈求。

这事实在出乎意外,我真不明白仙仙怎么会如此糊涂。

"你别急,我现在就去和你姆妈讲理。"我有点儿冲动,站起身就往外走。

"舅舅。"小娟又喊住了我,"要是我姆妈还不答应,你就告诉她我不认她这个娘了,我就用这交学费。"小娟伸出手上那金晃晃的戒指朝我晃了一下,还自信地笑了笑,那笑容依然是甜甜的。

原载于 1989 年 10 月《婺江文艺》

骑旧车的妻

　　那年,我从农村中学调进机关,妻也就随我进城,开始了她的打工生涯。有一天妻花了 **40** 元钱,从一个开修车行的村邻那里,喜滋滋地骑回一辆 **24** 吋的二手车。

　　这车已经是破烂不堪:刹车不灵,铃子不响,货架拆除,坐垫磨穿,那浑身锈迹更使人分辨不出原来的色彩,模样衰败不堪。

　　打工是很苦的,甚至还是屈辱的。工作的辛劳,收入的低微,地位的低下,职业的不稳定,种种艰难和不公,其中滋味旁人是难以体会的。好在妻出身农家,自小就习惯了艰苦劳累,对于打工生活也就容易适应。而有了这辆 **24** 吋的女式车代步,妻更觉称心,这车模样难看,用起来还是很实惠的。轮子小,车身低,上下车很方便,个子矮小的妻尽可以骑着它大胆地往前走,而绝无车翻人仰的顾虑。由于车子破烂,也就省却了揩擦、上油一类的麻烦;那些偷车的对这种破车是不会有兴趣的,尽可以随便停放而不必为其安全操心。如此地省心省力,妻当然很满意。

　　不过这车也实在太破烂了，寒碜的身影，混杂在大街上那五彩缤纷的各式车辆中，是那么显眼，那么不谐调，又那么时时处处地为其主人的家境和身份，做着毫不含糊的注解和告示。就是我和妻上街购物时，也多次因这丢人现眼的破车而遭冷落和难堪。为此，我也多次想买辆新车，可又屡遭妻的反对，她图的是实用和省钱，认为老太婆骑旧车，打工的骑破车，这车和她是最般配的了，她才不去操那丢分子失面子一类的闲心呢。

　　就这样，几年来妻子一直骑着这破车风里来雨里去。单位换了好几家，她却不管路近路远，也不管工作多累多忙，从未耽误过全家人一日三餐和缝补浆洗。车偶尔出点小故障，只要那么补一补，修一修，或者换点小零件，也就照样运转，照样负载。当然，它的模样是更加地不中看了。或许是受了妻的感染吧，我现在已不再嫌弃这破车的模样了，有时也随手拖来骑一下；对于它所发出的怪声，更有了一种亲切之感，远远地就知道是妻回来了，而与之同来的，常常还有一份应时瓜果菜蔬的滋味。

　　有时，看着忙进忙出的妻，我会情不自禁地遐想，觉得妻和她骑的这辆破车，很有一些相同的地方。有时，也就会无端地想，总有一天，要给妻买一辆又漂亮又时髦的新车。

原载于1994年6月26日《农民日报》

人生的小诗

晚饭后于阡陌乡道间散步,是我一天中最感惬意的消闲。

孩提时我就跟着父母散步,跟父母散步常去的地方是江滨,那一江清水和夕阳余晖构成的画面,至今还印在脑际,那其乐融融的亲情,更不时地温馨于心头。

中学生活是在郊外度过的。晚饭后一边散步一边讨论功课,效果最好。同学间的谈天最无顾忌,有时也难免谈谈年轻的女教师,漂亮的女同学。郊外的傍晚是很美的,池塘生春草,夏柳啭鸣禽,四时变换的景色,都令我们这些城里人感到有趣。

插队下乡后,我曾很不是滋味地看村校的教师们在自己劳作的田边散步。一次回城休息,在街头邂逅一位去外地打工归来的同学,两人就那么边走边谈,从城里一直走到城外,又从城外走回城里,到吃晚饭的时候了,觉得谈兴未尽,就去饭馆里吃一碗光面,又继续我们的漫步和交谈。这一方面是因为我们已两年未见面,更主要的还是因为我们有着相似的经历和家庭背

景,因而能毫无保留地直抒胸臆,并从中获得互相安慰和鼓励的欣然。

那时正是青春年少之际,对爱情生活免不了作非分之想。一起插队的知青中,有一位姑娘和我关系不错,我也就以她为目标,构建了不少花前月下的设想。一个初春的夜晚,她主动来约我"去外面走走"。正是耕田时节,空气中弥漫着紫云英的清香,零星的蛙鸣反衬出夜的安宁。她约我出来的目的,却是要我接受她那无奈的辩解和规劝,于是走不到二里路,我就结束了这令人失望的约会。为此我至今还后悔,因为当时如能好好和她交谈,也还是能够留下一些美好的回忆的。

现在因工作关系,我也经常在都市的长街漫步,在幽静的林苑中流连,领略一份情调和雅趣。只是人过中年,心境已趋恬淡,总觉得只有在自家所在小县城郊外的阡陌乡道上信步转悠,身心才能获得最大的放松,可以放纵自己的思绪而不受任何干扰和羁绊。

台湾女作家罗兰,把散步比作"淡雅轻灵,极其闲适与天然"的"人生的小诗",可谓是深得此中三昧的妙喻。以我自身的体验而论,我觉得要达到如此境界,可也并不容易。

原载于1994年9月23日《宁波开发导报》

抛　锚

　　在一番无效挣扎之后,客车便静静地趴下再也不会动弹。眼看暮色四合,懊恼、寒冷、饥饿,每个旅客心中都有一股火气。

　　"退票,退票!"一位小伙子按捺不住心中的焦躁,大声朝售票姑娘嚷嚷。

　　姑娘不屑地瞥他一眼,一位旅客却捅了底:退了票你怎么回家?

　　小伙子被问住了,一时无处发泄,便愤愤地拉开车门出去。不一会,小伙子却转回来报告:前面公路边在放电影。看电影当然比干等枯坐强多了,于是驾驶员又握起了方向盘,售票姑娘指挥大家分两边站好,一二三——车子缓缓滑行,待驾驶员一本正经地放了气门,才把车刹住。不偏不倚,右边的车窗正对着挂在柳树梢的银幕。

　　电影在一个农家场院里放映,大概是天冷的缘故,观众并不多,麦克风里传出的声音显得有点空洞。而场院边那幢楼屋里却灯火辉煌,猜拳劝酒的喧哗,说明了场面的热闹和气氛的浓

生活的滋味

烈。令人称心的是，我们的车子停下不久，就有人挑来一副卖东西的担子，于是大家便有了充饥的糕点、消闲的瓜子、解瘾的香烟，一张张阴沉着的脸也便舒展了不少。坐在汽车里看电影可是平生第一遭，由于路基高出场院很多，不必抬头仰视，远比平时舒适。影片是早就想看的《大决战》，很快，我就被影片中那引人入胜的情节所吸引。

我们的处境比那些在寒风里站着的观众好多了，便不时地有人来敲窗拍门，要求到车厢里来共享温暖和舒适。那位好客的屋主人也前来邀请，让大家去"喝两杯"，他家正在办喜事，很希望我们这帮不速之客前去助兴。

时间很快地过去，替换的车子来了，由于电影尚未放完，几位应邀赴宴者也酒兴方酣，大家都难免有点恋栈，那汽车便不停地鸣着喇叭……

事情已过去两年了，有时偶然回想，觉得遭遇这么一次"抛锚"也是很有趣的。其实在人生的旅途上，"抛锚"的事也常有，如当年的插队下乡，如现今一些人因"富余"下岗等等，这都是很无奈的事，但也未必尽是黯淡和低沉吧。

原载于1996年6月1日《浙江交通报》

友谊之树长青
——记画家施明德与杜如望

提起杜如望和施明德,金华、衢州两市书画界人士都是很熟悉的,他们淡泊守志、勤于艺事、奖掖后进、热心公益的为人,深获同仁好评。但对他俩之间长达六十余年的深厚情谊,知晓者恐怕就不多了。他们以画相交,从激情飞扬的青年到成熟练达的中年,到现在年过八旬,尽管人生道路各有喜忧,艺术造诣各有短长,两人间的友谊如同陈酿美酒,随着时间的流逝而愈益深笃醇净。

1932年暑假,两人同时考入金华第七中学初中部,施在乙班,杜在丙班,十七八岁的毛头后生,对绘画艺术的爱好尚处于朦胧阶段,便已开始订交。1935年初中毕业,施明德升入师范部,杜如望因经济原因回乡务农,两年后才进师范读书。这时学校为避战火,迁到金华乡下一个名叫蒲塘的村子,这里是著名人物王廷扬的故乡,王家有丰富的藏书和碑帖,习画之余,两人一起去王家看书临帖,功底日见扎实,情谊也日见深厚。1944年,

施明德考入英士大学艺术专科时,又和先他一年在读的杜如望相逢。这时他们已过而立之年,读大学未免有点不合时宜,是对艺术的不懈追求,使两人不约而同地走上继续深造的道路。

参加工作以后,他们都从事中学美术教育。教书生涯是清苦的,还不时地受各种"运动"的干扰,但他们并未放弃艺术追求,工作之余一心钻研绘画,于是艺事日精,画名渐起,并先后参加了省美术家协会,以山水画的创作,在金衢画坛占了一席之地。

与此同时,两人的友谊也伴着画艺的长进而加深。通信不断,互相交流画作,切磋技艺。施明德至今珍藏着当年杜如望寄给他的一批讨论技法的画稿,空隙处满写着诸如构图、墨色、皴法之类的提示和论述。

1961年,施明德偕友人专程赴龙游塔石中学看望杜如望,时值三年困难时期,杜如望特意杀了家养的兔子款待友人,尽倾手头藏画和友人切磋探讨。施明德不久前回忆这一次塔石之行,还深情地表示:得益匪浅。

党的十一届三中全会以后,他俩都已步入老年,受形势的鼓舞,创作热情更高,练笔也更勤。他们从退休费中抠出钱来,和几位画友一起外出写生。姑苏城外、石头城中、采石矶边、雁荡山下、千丈岩上、富春江畔……都留下了他们的足迹。老友结伴出游,畅游名山打画稿,可谓乐不待言。前几年杜如望在衢州开画展,施明德偕友人赴衢州祝贺,认真观摩,热烈探讨。今年施明德在金华开画展,杜如望因身体欠佳未能躬亲,便热情致信,和老友分享成功。

施明德对杜如望绘画的笔墨功底一直很敬佩,每与人论画,常如望如何如何地挂在嘴边。近年来施明德的山水画有了突破，杜如望为施明德"老来变法"的成功而由衷高兴。这和时下常见的门户偏见、互不服气的风气相比，更显出他们两人友谊的纯净和真切。

杜如望曾在赠施明德的一幅山水画上题诗：

弟兄相会在他乡，新事添来话更长。

故乡事物多美好，他乡美好也一样。

之所以认为"他乡美好也一样"，就是因为在那里有一位弟兄，有那么一份真挚绵长的友谊。

原载于1996年6月12日《衢州日报》

生活的滋味

细 水 微 澜

　　有人敲门。来客是老陈,见他拎来两大笼发糕,我就知道他肯定有喜事要告诉我,这是我和他交往多年的经验总结。

　　我们是通过书的中介成为朋友的。大概是1974年初秋吧,那时我刚当了民办老师,在一个星期天的下午,一位熟人陪他来到我家,想借阅范文澜编的《中国通史简编》。这是第一次有人来借这种非消遣性的书,我便很爽气地把一套4本都捧了出来。他却只要了第一本,说是怕我要用,还是看一本借一本为好。书一到手,他就告辞了,连茶都没有喝一口。

　　其实,我在第一次参加全公社教师会议时,就注意到他了,那是在会议休息时,人们都在聚谈打闹,只有他顾自坐在一个稻草堆旁看书,确切地讲,那只是几张烂纸片,好像是一本什么旧杂志的几张残页。而他却看得很投入,似乎周围的一切都与他无关。当时我很想去和他聊几句,却终于不敢贸然打扰。

　　因了《中国通史简编》,我们认识了,我也从他那里借到了陈望道的《修辞学发凡》和知堂老人的回忆录等书,这些书在当时都很稀罕，真不知他是如何弄来的。不过我们的关系也仅仅停留在书籍的互通有无上，他是个慎于行、讷于言的人，年纪也比我大得多，除了交换各自想看的书以外，我们之间也很难有更多的交往。实际上他当时家庭负担很重，能够挣扎出一份看书的雅兴已很不容易，哪有余暇和我这年轻人周旋。

随着时间的流逝，我们的生活都发生了变化，我先是转正为公办教师，后来又进了机关；他落实政策后，曾回四川万县工作一年，后来又调了回来，依旧在乡下当教师，再后来就离休了。但我们的书缘一直保持着。那年去四川前夕，他专程来和我话别，当时我手头恰好有一本刚买来的邹韬奋写的《经历》，就送给了他，还在扉页上胡诌了两句诗，因为我知道他喜欢看回忆录。我进机关后，他求我帮过一次忙，就是要我替他去县图书馆申请本借书证，当时我在文化局工作，办这事是很容易的。

他进城，总要来我办公室转转，坐那么几分钟，也借书。我的办公室里有一套《文史资料》合订本，共30多册，他就那么一本一本地借，看好一本又换一本。如果在书中发现有我所需要的内容，他便把页码记下，在还书时告诉我。他知道我现在已不大看书，这些堆在眼前的《文史资料》更不会去翻。

有一次他来时，我正和几个同事在议论时弊，这次他耽搁了很长时间，就那么坐在一边听我们高谈阔论。一直到办公室里只剩下我和他两人时，他才期期艾艾地开口，劝我讲话要注意分寸。他的话虽然不多，但流露出来的那份忧虑却着实令我感动，因为他是过来人，我知道这些话从他嘴里讲出来的分量。

几年来，他家喜事不少，如大儿子招工、二儿子进中专、新房子落成等，每有喜事，他都要给我一份相应的礼品，让我分享他

生活的滋味

的幸福和欢乐。这次专程送来两笼发糕,就是来向我报告大儿子结婚喜讯的。但和以往一样,事前他是从不向我透露风声的,他的用意我当然明白,一方面是不想让我破费,而更重要的是,他不愿使我们的友情走味。

原载于1996年7月19日《明州快报》

橘花香幽幽

　　前不久陪一位省城来的画家去游县内的一个景点,途中,画家忽然一改原先的矜持,一脸惊喜地问我:"香味这么醇,是什么花?"

　　被他这么一问,我才注意到是有那么点儿芬芳气息,淡淡的,幽幽的,有点儿和茉莉花的香相似,但没有茉莉浓郁,飘飘忽忽地,却比茉莉多了一份春野特有的青草气息。环顾四周,我犹犹豫豫地把手指向路边的几株橘树,这香气该是绿叶丛中那些星星点点的小白花散发出来的。

　　画家是更来劲了,先是换着不同角度拍了好几张照片,接着又掏出速写本,端详着那几株橘树勾勒起来,一边赞不绝口:"你看,这花如此细小,那香味自然就淡;开花如此洁白,也难怪香味那么醇净;这橘树叶绿得这么浓,花香中当然就含有春的清气了。"毕竟是画家,听他这么讲,简直能把橘花的幽香用画笔和色彩描摹出来。几年来,我橘园跑得并不少,也写过一些有关橘子的文章,却并未注意过橘花,更不知道橘花还有如此幽幽清香。

这是由于自己缺乏画家的那种艺术敏感呢？还是因为身在橘乡而反应迟钝了呢？抑或是功利心作怪，使自己只顾及橘子的甜美，忽略了橘花的芬芳？

橘花实在是不起眼的，它是那么细微和琐碎，以至于几乎看不出多少花的形状。它的色彩又是如此地单调，香味又是如此地幽淡，这一切别说比不上姚黄魏紫的国色天香，就是比山野田边一些随处可见的野草花也还要逊色。何况橘花开的也实在不是时候，暮春三月，正是江南草长百花争艳的季节，人们被花团锦簇的春光撩花了眼，熏晕了头，又怎么会注意到这小白点的橘花呢？就是到了金秋十月，人们赞叹枝头的累累硕果，却依然忽略了那孕育丰收、酿造香甜的橘花。

于是，我又想起了那些种橘的人。是橘农的辛勤劳作才有了橘花的芬芳，也才有了橘子的甜美，但这当中自有一层利益关系，说不定哪一天，橘农们也会亲手砍掉自己栽下的橘树，而种上经济效益更好的作物。因此，我更要赞美那些毫无个人功利目的，默默为柑橘事业的发展做出贡献的农技人员。

龙游是个新橘乡，橘子大量上市也还是近四五年的事。那些学过果树专业的农技人员，却早就明白这一带是发展柑橘的理想区域，1950年代就开始引种柑橘的探索和试验。然而这一切并不顺利，由于强调"以粮为纲"，柑橘种植长期得不到重视和提倡，先后分配来的果树技术员有的外调，有的改行，一位硬着头皮在地处黄土丘陵的农场里坚持柑橘引种推广，却被批评为"不服从领导"，最终也被调离农业系统，所培育的10万余株橘苗，除本农场和一个小山村的小部分勉强成林外，分发给其他单位的也都荡然无存。

然而,正是这硕果仅存的两小片橘林,让人们尝到了种橘的甜头,柑橘生产也首先以这两小片橘林为中心逐渐向四周扩散、漫延。随着时间的推移,随着形势的变化,终于普及县内各地。于是丘陵丛中,溪滩荒野,直至田头路边,或大片成林,或绿树丛丛,或数株而立,构成崭新的橘乡风景线。每当暮春之季,橘花的幽香也就氤氲于野、入乎于心了。

原载于 1996 年 9 月 6 日《农村信息报》

生
活
的
滋
味

老校长与"新秀"儿子

老校长姓吴,名根华,龙游县模环乡清塘村人,自1963年师范毕业后投身教育事业,从1975年任模环公社"五七"学校校长开始,长期担任学校领导工作。老校长个子不高,工作热情很高;模样朴实,做事更是扎实,一直默默奉献于龙游"北乡"黄土丘陵的简朴校舍之中。30多载的风风雨雨,30余年的春华秋实。学校换了一个又一个,"级别"却没什么长进,范围也一直囿于相邻的几个乡镇;学生培养了一茬又一茬,但家底并不见殷实。生活条件的改善,远不及当年的学生娃们变化大。如今老校长已过"知天命"之年,仍任职兰塘乡校管会主任兼兰塘中心小学校长。上了年纪的人,对着镜中白发,也难免生出些许感慨、几分惆怅,但念及桃李芬芳,便又释怀。最使老校长欣慰开怀的,便是他的儿子吴蔚萍。

小字辈吴蔚萍,年届而立之年。少年时代随父就学,由于父亲的言传身教和潜移默化,小小年纪,便对教师这一职业有一种发自内心的热爱。1987年高中毕业时,尽管他成绩不错,选择余地很大,却偏偏把师范院校作为自己的第一志愿。那时的师范院校远不如现今热门,老校长却百分之百地支持儿子的选择。结果儿子如愿以偿,老校长脸上的皱纹也舒展了不少。更叫老校长开心的是,儿子毕业后当了中学教师,后来还娶了一个也当教师的媳妇。媳妇不但贤惠,更是争气,被县妇联评为"少儿先进工作者"。眼见得教育事业一脉相承,后继有人,父子同行,子唱媳随,老校长内心沾沾自喜:此乃平生第一乐事也!

兴趣也是工作动力。有对教师职业的热爱垫底,吴蔚萍的事业心和责任感当然不一般,工作业绩也就分外令人注目。他先在龙游詹家中学任教,其间完成了高师中文专业的本科学业,1994年凭自己的真才实学,被选调到省重点中学龙游中学,1996年在27岁时就被聘为中学一级教师。吴老师年纪不大成绩大,教龄不长获奖多,各种各样的获奖证书足有一大堆。他当班主任并任教语文的那个班,每个学期都被评为全校的先进班级。喜讯频传:全班56个学生中,升入高等学校的达55人,其中上重点大学31人。

当这些好消息伴随着各种各样的赞叹和夸奖传到老校长耳中时,老校长的喜悦心情中更有一种别样滋味。作为一个老教师,他深知这些成绩的来之不易,这当中凝聚了儿子的几多心血,几多辛劳。作为严师和慈父,他对儿子却有着更大的期望和要求,于是当儿子回家度假父子把盏之际,他出自肺腑地说了一句:小子,还当努力呵!

原载于1997年9月10日《衢州日报》

生活的滋味

竹海深处

　　当我和小王终于在山顶的断崖边停住脚步之际,都情不自禁地发出了由衷的赞叹。尽管两人已是热汗淋淋,腿颤腰酸;尽管我们还顾不上好好地喘一口气,舒缓一下急促的呼吸。

　　呈现在我们面前的,就是那气势壮阔恣肆汪洋的"竹海",满眼翠竹,望不到头,看不到边。近处尚见修竹婷婷,摇曳生姿;远处只见竹浪迎风,绿波荡漾。更远处就连风拂竹摇的层次和韵律也难分辨,只有翠绿接天无穷,迷迷茫茫地铺展在蓝天之下,顺着山势的起伏和迤丽,显现出奔腾的气势和动感。迎着正午的阳光,向阳处绿色明翠,背阴处绿色如黛。一朵白云正从我们头顶上方飘浮南去,于是在这旷望无际的翠绿之中就有了那么一缕苍茫之色……呵,竹海,名副其实的绿色之海,翠竹之海。

　　然而,当初见竹海的兴奋和激动复归于平静之后,我和小王的面部都不约而同地写上了两个字——遗憾。一路山行,我们一直未能和那位种竹老人照面,现在当我们目睹了这竹山如海的壮观后,想见见这位种竹老人的愿望是更强烈了。尽管我们知道他就在附近的竹海深处,然而回首来程,山道弯弯,白云悠悠,那间小山铺早被青山遮断,那株枫树也隐在了竹木之中;放眼前望,只见翠竹茫茫,漫坡弥谷,我们只落得个"只在此山中,云深不知处"的失望和无奈。

我和小王是专程来拍竹海照片的,要获得这么一个全景式的镜头也不容易,必须寻找合适的制高点,倚仗"一览群山小"的视觉效果,才能领略竹山似海的气象。为此,我们背着干粮水壶,一大早就开始跋涉登攀。途中,我们曾去路边阳坡上的一间山铺里歇力喝茶,令我吃惊的是,在山铺前忙碌着翻晒一大堆竹茬树根的,居然是一位白发大娘;而更令我吃惊并油然而生敬意的是,在和大娘的闲聊中得知,大娘和她的老伴僻居于这大山深处辛勤劳作,忍受着寂寞和种种艰难困苦,却并非为了糊口。老夫妻俩并不缺吃少穿,家中造有楼房,子女们也争气孝顺,老头子还有做豆腐的手艺,自有一份滋润的日子和甜蜜的天伦之乐。只是由于老头子一直不肯放弃这里的20亩承包山,经过几年的开垦种植,终于毛竹成林,翠色满山,老头子更把这竹山当成了命根子,执意放弃豆腐生意进山安营扎寨。老大娘不放心,也只得跟过来做伴帮忙,吃苦受累不必说,还弄得孩子们也不安耽……正是老大娘这一番似怨似嗔的叙述,使我和小王在肃然起敬的同时,萌发了拜识一下这位种竹老汉的心愿。

拍好照片,我们就收拾着下山了,为了寻找这么一个合适的地点和角度,已耗费了太多的时间,我们不能在山上过多地耽搁。下山自然比上山省力,不一会,我和小王就到了那株枫树下,来时,我们受老大娘的委托,把一竹筒的凉茶搁在这树荫下。现在竹筒仍在原处,我拎着掂了掂,发现已比原先轻了许

生活的滋味

多。周围比来时又增加了好几捆扎紧的竹茬树根,而且还多了一双磨穿了底的草鞋。这一切都说明,那位我们急欲拜识的老大爷曾在这里稍事休息,喝了茶,换过草鞋,也许还抽了那么一两支烟,然后站起来揉了一下有点酸痛的腰,活动了一下有点麻木的手脚,便走进竹海深处,继续自己的劳作了。我不知道当他进行着这一切的时候心中想点什么,但眼下这枫树底的一切,却无声地向我们昭示着一种精神、风格、境界……

原载于1997年12月8日《衢州日报》

看 香 客

招待所门前那条路就叫天竺路，是去三天竺的必由之道，得此方便，我便在一个清晨邀伴上山，去拜访一下这佛门圣地的风光景色。

沿路上山，路傍着水，水傍着山，山是堆绣叠翠，水为山涧小溪，间有行行畦畦的茶丛和村民的小楼点缀其中，自成一种山野之趣。

偏偏这天刚巧是观世音菩萨的一个纪念日，山道上已挤满了烧香的人群，更有满载香客的车辆不断地在阻塞的人流中穿插，那人流也就更为阻塞了。我只得收敛了看风景的逸兴雅致，专心于眼前的路、身后的车，以及那挨挨挤挤的香客们。

他们有夫妻成对而来的，也有母女相偕同行的，但总以四五十岁的"大妈"辈结伴上山的为主。背着特制的香袋，捧着香烛，一边走着、挤着，一边交流着家长里短的信息，碰上熟人，便放大喉咙互相招呼问好。不难看出，她们是满含虔诚、满怀兴致，来参加这一年一度的盛会，去菩萨前烧那么一炷香，为一家大小求

得一份庇佑，一份福祉。

　　人流显得越发拥挤了，原来前面转弯处有一辆抛锚的中巴阻碍了交通。走到近处一看，不由的心惊肉跳：中巴右边的前轮已经悬空，后轮也已滑到路的边沿，要不是那株大树支撑着，这中巴早就滚到涧底去了。"看来是菩萨忘记保佑了。"有人在发表评论，语气中有几分调侃，也有几分揶揄。"吓杀哉，吓杀哉，亏得菩萨保佑！"这位已烧了早香下山的妇女大概是当事者，归途中触景生情，发出了余悸犹存的感慨。"是啊，是啊，我今朝特意多烧了几炷香呢！"另一位女伴的语气更是诚惶诚恐。

　　乞丐之多，本是庙会的传统风景。他们有的尽量展现凄苦之状，博得香客的同情；有的借助歌喉和器乐，讨取人们的欢心。"大妈"们平日都是当家理财的门槛精，今天也放宽政策，增添了一笔行善布施的预算外开支，但毕竟是过惯小日子的人，施舍的也只是些小票硬币。叫人忍俊不禁的是，一位大妈在朝小篮子里丢进一张纸币后，居然像在菜市场里找零头似的，又从篮子里拣回几枚硬币，才心安理得地走向另一位乞丐。

　　上天竺是庙会的中心，钟磬梵呗、红烛高香，那氛围和气象远非下天竺和中天竺可比。庙前还形成了一个繁闹的市场，卖香烛的，卖纪念品的，卖素菜包子的，卖佛经的……交易都很活跃。回首山道，人群还在不断地涌动，一拨接一拨地进寺上山……

　　这无异是一个盛大的节日，作为节日的参与者，着眼点却又迥然而异，香客们侧重的是精神；那些摊贩以及乞丐们，追求的自然是物质利益;至于寺院僧众们,恐怕是精神和物质二者都不能偏废的,畸轻畸重,那就得看各自的修行和功德了吧。

原载于1997年2月15日《浙江交通报》

有 爿 小 店

　　小镇只有一条街,街的东头是一座古塔,离古塔不远处,有一爿小店临街。窄窄的店面,陈旧的建筑,格局气息与古镇小街浑然相谐。

　　小店是专门供应早点的,三分钱一碗的豆浆;六分钱一副的烧饼油条;五分钱一个的糯米粿,外壳被油煎得焦黄,里面却糯软,咬一口又松又绵满嘴的油和糖;还有一种鸡蛋糕,先在平底煎锅里放几只梅花型的铁皮模子,再把拌了糖和鸡蛋的面团舀入铁皮模子,不一会就有一种香甜弥漫开来,那面团也就渐渐地膨胀,口感更是松软。

　　因了小店的诱惑,逢上去镇里办事,我总愿意空着肚子赶那么八里路,去小店吃早餐。一碗咸浆,一副烧饼油条,再加上两只糯米粿,总共不到两毛钱,就把肠胃安排得温暖舒适妥帖。这些食品的质量都很地道,隔着天井,人们可以看见快速旋转的电磨,还有那正在流淌的凝脂般的豆浆;煎糯米粿和发油条的也是纯净的菜油,有一股特有的清香。这些食品也很新鲜,因为小店每天做多少食品是有规定的,不会有剩余。所以小店的生意都很好,坐着的、站着的、蹲着的,随遇而安的人们总把小店挤得满满的。而我逢上去镇里,也会一改爱睡懒觉的坏习惯,早早地起床,唯恐去迟了赶不上趟。

但我对小店里那位负责收钱卖筹的女人却很感冒,她不管人们队伍排得多么长,总是慢慢吞吞不慌不忙地收钱付筹,而且常常会把钱算错,一旦有人提出异议,那颇为漂亮的脸蛋就立时变得很难看。而逢上镇里那些吃公家饭的人来店,却从来不要排队,总是随到随卖,动作也变得麻利,头脑也显得灵清,有时还停下来亲热地聊一阵子,而不管排队的人正饿着肚子窝着火。

不知这位令人讨厌的女人,现在是当了老板娘成了富婆呢?还是成了"下岗者"?

原载于2002年3月4日《龙游报》

生
活
的
滋
味

独特的风景

  母亲的最后一段人生道路,是在市人民医院的老年康复中心度过的,我也因此熟悉了康复中心,感受到了这里的那一份温馨气氛,那些令人难忘的画面,更是深深地烙在了我的心灵深处。

  康复中心的病员都是夕阳老人,但这里依然洋溢着一种积极与病魔斗争的奋发精神。每天早上和中午,都有不少病员依赖着安装在走廊墙上扶手的帮助在艰难地移步,或者为恢复某一肢体功能而做着各种奇奇怪怪的动作。而与这些坚强锻炼的老人相映成趣的,则是夹杂在他们中间的那些忙着照护鼓励的护士姑娘轻盈的身姿和姣好的笑脸。小孩子蹒跚学步的模样自然是非常可爱的,但这些患病老人和病魔抗争而迈出的第一步,或者只是丢掉拐杖的第一次站立,甚至只是一个幅度很小的抬腿动作,都会引发旁边的医护人员发自内心深处的欢呼和兴奋。这场面令我感动,也使我深深地体会到坚强,体会到无微不至,体会到真善美。

每天下午三时左右,走廊里总会出现一位练步的大娘,目的是为了恢复右腿行走功能。她由一个保姆搀扶着,一边艰难地移步,一边嘴中还发出一种节奏感很强烈的呼喊,而在她前面,则有一位护士姑娘牵着一条绑在大娘右脚板上的带子,一边慢步倒行,一边随着大娘那有节奏的呼喊拽拉那条带子,帮助大娘行走。这样的行走每天都要进行两个来回,护士姑娘的认真,大娘的坚持不懈,保姆的全力以赴,构成一幅生动的图画。

原载于2002年10月22日《金华晚报》

生活的滋味

有那么一个渡口

初夏的一天,我来到这久违了的渡口。正是中午时分,阳光
恣肆,江天辽阔。这里的水还是那么清,滩还是那么宽,渡船还
是那么忙碌,去时满船人,来时人满船。想不到这个渡口居然风
光依旧,乍一照面,这并不陌生的一切分外惹人情肠。

这里曾是我的闲游之地。那时,我喜欢在这里闲坐,看远处
的山,眼前的水;看天上的云,江中的船;看涤衣洗菜汰猪草的村
妇;看常带着几分酒意的撑船汉子,看那些匆匆忙忙的过往行
人;品味这一切构成的一幅幅或动或静或明快或幽远的画面。

有时,我又凭自己的思绪在虚拟的场景中放飞,想象出临江
送别、扣舷而歌、飞江夺隘的种种情景,为这个渡口抹上缠绵、风
雅、壮烈种种各不相同的色彩和气氛。跃入江中游那么一个来
回,更可以获得一份痛快和舒畅。对岸五里路处有一个颇像样
的市镇,那里也能够满足我一点小小的口腹之欲和购物之需。
正是这平平常常的一个渡口,使我的身心得到调节,享受到一种
散淡闲适的愉悦和快乐。

其实,渡口给人的感受颇为微妙,因为它创造了一种"隔"的感受和意境。渡口使人们的行程有了一个暂时的停顿,就如乐曲中的休止符那样,给了人们一种有意思的体验。

我的"待渡"阶段却是很快结束了。不久,我有了工作,有了家庭,生活的负担,名利的诱惑,活动的范围不断扩大,心理的空间反而逼仄了,也就没有那份关注水色云天的闲心了。浑浑噩噩,琐琐碎碎,三十年光阴转瞬而过。

三十年来我见识过了大海,见识过了大江大河,也见识过了不少曾载于史籍被人们歌之咏之的渡口。当我再次来到这久违的渡口时,自以为已经见过世面的我方才明白,平常之中也有极致,平常之中,更能体味极致,关键是在于你自己的心态……

船过中流,对岸已经在望。我发现那条进镇的小路已变成水泥大道,渡头路口一溜排开几辆载客的机动三轮车,车老板们正眼巴巴地等着渡船靠岸。

我却打定了主意:多年未来了,这段路还是像当年那样,慢慢走吧。

原载于2003年9月25日《衢州日报》

生活的滋味

131

石屋洞记

　　龙游旧县志中,有清初进士余恂"过童坛里许有石屋洞,深广各数丈,其高可仰也"的记载及诗作一首。有朋友为此专程前往寻访,却无功而返。他们知道我以前去过石屋洞,便邀我同去再访。时下天朗气清秋色正好,是理想的出游季节,于是我欣然应邀同游。

　　石屋洞是我的旧游之地。20世纪70年代,我还在乡下务农,为了替枯燥乏味的生活添点色彩,曾多次和二三同好出游。大家从所在的陆家村出发,过七都,渡衢江到张家埠,再从张家埠村后过渡,顺着蜡烛台、石屋洞、小南海、虎头山一路游览。大家对衢江的风光、张家埠的古老、石屋洞和小南海的景致很感兴趣,游兴都很浓,有时还不由自主地凑几句歪诗。那情景现在回想起来,也可算是知青生涯中少有的亮点和乐事。

　　事隔多年,记忆难免模糊,环境也很有了些沧桑之变,这一次的重访,也就颇费周折。

我们沿龙游通往兰溪游埠镇的公路东行,过了龙游石窟景区的大门,也就进入"过童坛里许"的范围了,每当逢有往南通向衢江的岔路,便都折进去寻访,因为石屋洞的位置就在衢江边。但是如此多回,去路不是被江水阻隔,便是为悬崖所断,问道于途,人们对"石屋洞"也都茫然。正在灰心之际,我想起石屋洞与蜡烛台电灌站的机埠相邻,就改为打听去蜡烛台的路径。

　　蜡烛台果然路人皆知,再问他们蜡烛台附近是否有个石洞,也得到了肯定的答复,并有了明确的路径,原来还得再往东走,余恂的"里许"算起来足有三里多,大概老先生当年是坐船行的水路,自然便捷得多。

　　当我们按照指点的路径,再次折向衢江时,在一个小山坡上,我发现江边现出一块小石坪,正是我们当年游石屋洞前的歇脚之处,心中不由欣喜:石屋洞已近在咫尺了。果然,当我们下得山坡,折向一条向东的荒径,七高八低,七转八弯之际,猛然间,只见荒畦一亩,杂木扶疏的崖壁前,石柱凛凛,洞壁深深,石屋洞披纷着绿苔和藤蔓,以一副风霜苍老的容貌,悄然、肃然地临江而立,默默地迎接着我们的到来。

　　石屋洞由东西两个洞组成,西洞和石窟景区诸洞一模一样,东洞却很有自身的特点。东洞的开间比一间房屋大不了多少,进深还不及一般的房子,高度却足有两层楼那么高,气势还是很宏伟。特别是那根立于洞边,既承受着东洞的顶壁,也支撑起西洞的大石柱,从洞顶垂直而下,声势夺人,石柱的下半部是呈弧形逐渐内收的,收分颇大,既减少了所占空间和自身重量,也

生活的滋味

133

增加了视觉上的美感。尤为令人称妙的是,逐渐内收的柱子到了柱脚处,又微微地外放,形成了一个柱础形的柱脚,并加以修饰,精细之处,令人赞叹。东洞的洞顶是水平的,洞壁是平直的,每个相交转角处几乎都是直角。在东边的顶和壁交接处,还设有一个石牛腿,既用以承受和支撑洞顶,也极大地美化和装点了洞景。如果说西洞还留有相当多的人类早期那种穴居野处的生活遗迹的话,那么东洞反映的应是建屋而居的生存状态了,那模样就像是一间敞开大门的房屋。可惜的是,当年我来时,石柱上尚有"石屋洞天"四字隐约可见,而今却已踪迹全无,使我们追溯根源少了一条重要依据。

我找了个地方,与石屋洞相对而坐,望着它的伟岸和苍老,我总觉得石屋洞是有所倾诉,有所期盼的。和石窟诸洞一样,石屋洞也是一个难解的谜团。由于离衢江水面较高,它未被江水淹没过,它没有把自己隐藏起来,一直把自己的真相袒露在世人面前。世人对它的存在却以一种漠然态度待之,旧志中仅余恂的诗披露过石屋洞的消息,余恂以前及余恂以后就都空白了。本来人们是不难从这里找到一些发现石窟诸洞的门径的,因为西洞的洞势结构,和那些长期没于水下的洞窟一模一样,人们不难从西洞的模样推测到那些"水塘"下的秘密。

崖脚江边,有位五十多岁的农妇在洗衣裳,归途中,我和她攀谈起来,想收集一些资料和信息,却无所收获。我又问她,是否知道这里曾经做过生产队的蚕房?对此她给了我肯定的答复,还说"我就在这里养过蚕。"记得当年我和伙伴们有一次来游玩时,发现这里成了蚕房,洞底用泥土垫平,洞口用稻草扇封了起来，几位养蚕女正在洞口晒着太阳织毛衣，神态显得分外宁静安详。那时大家正年轻，"蚕花姑娘"便成了伙伴们所作歪诗中的主要内容。不知眼前的这位大嫂，当年是否就是其中的一位？

原载于 2003 年 11 月 28 日《衢州日报》

生
活
的
滋
味

《橘颂》之颂

　　我偏爱散文创作,觉得散文更能表达自己的真情实感,有一种直抒胸臆的简单和直白。但当时报刊不多,发表散文的地方很少。就在这个当口,《橘颂》这块衢州人自己的创作园地,以其浓郁的文学味和地域氛围、乡土气息,向人们热情地敞开了胸怀,自然引起了我的向往,产生了跃跃欲试的冲动和希冀。

　　至今,我还保留着在《橘颂》发表的第一篇作品的剪报,那是1986年1月30日发表的《岳飞和招庆寺》。文章不长,纸质也早已发黄变脆,但一直为我所珍藏,因为它见证了我和《橘颂》结缘的初始,也可以说是一个良好的开端吧。正因为有了这一块园地,激发了我的创作热情,使我得到磨砺和锻炼。更令我感念于怀的是,我也因此和报社各位领导、编辑们建立了纯洁的友谊,在他们的指导下取得长进和提高。

　　立足本地,努力扶植本土作者,是《橘颂》最值得赞颂之处。不少现今活跃在省内外文坛上的作家,就是在这块园地上脱颖而出的。正是"衢州人写衢州"的正确定位和编辑们的辛勤浇灌,促成了他们的成长。

重视与外地的交流,也是《橘颂》的一个重要特色。立足本地并非自我封闭,而是以一种积极的、开放的心态,根据衢州市的区位特点,和相邻福建、安徽、江西、及省内各地市互相交流,做好文章的引进和输出。记得1988年,我写过一篇《我游烂柯山》,就是由于《衢州日报》的推荐,得以在相邻省市的10余家地市报纸的副刊上发表。

注重体裁的多样性,更是《橘颂》值得称道之处。文学的潮流是多变的,《橘颂》创办之初,文坛占主流地位的是小说创作,散文仅是一种"搭配"。《橘颂》却为作者们提供散文的发表园地。90年代初以后散文大行其道,由于已抢先一步,《橘颂》就显得相当自信和从容了。在创办之初,《橘颂》就开辟了《钱江源》等文史类题材的专栏。待到90年代后期,文史类题材引起重视,而《橘颂》已有了相当的积累而鞭先一着了。其办刊思想上那种不追逐潮流的先见之明和良苦用心,也就彰显出来了。此外,如小说、诗歌、报告文学、旧体诗词等文学体裁,也都是统筹安排,本人就在编辑们的关爱下发表过连载小说《遍地龙游》,至今想起来还是心存感激,温暖于心。

《橘颂》自然是取法于大诗人屈原的名作,因为衢州是橘乡,又因为《橘颂》为我国文学史上的经典,"后皇嘉树,橘徕服兮。受命不迁,生南国兮。深固难徙,更壹志兮。绿叶素荣,纷其可喜兮"。可谓是颂橘的千古名句。这一命名,也就将其办刊思想巧妙地结合起来了。自从19世纪后期报纸进入中国,各种地方报纸的副刊,对一个地方文化的发展关系尤巨。我们的这一块园地,正是秉承着文以载道的精神,为弘扬地方文化、扶持本地

生活的滋味

作者,做出了不凡的贡献。这30年的历程,可以说是和我们衢州的"文运"发展,息息相关的30年。

1996年,我发表过一篇题为《橘花香幽幽》的短文,其中写道:"我更要赞美那些毫无个人功利目的,默默为柑橘事业的发展做出贡献的农技人员。"在此,我愿把这句话献给我们的《橘颂》,献给那些令人尊敬的编辑们。句子很一般,但我的感激却是真诚的,发自内心的。

原载于2018年2月12日《衢州日报》

小溪泛尽却山行

我游烂柯山

抱着既然来了就姑且一游的心态，我踏上了这条鹅卵石山道。本来就多次听到人们对烂柯山的非议——"没啥花头，连爿吃酒小店都没有"这是俗客的看法；"既无碑、也无寺、更无景，乘兴而来，扫兴而归"这是雅士的评论。尽管我对这些议论不以为然，但当我听说面前的丘陵就是烂柯山时，我的心可真的凉了半截。"看样子是白来一趟了。"我懊恼地想。

有点旅游经验的人都知道，大凡游山，总是山渐行渐高，势愈来愈险，那景也就越来越奇。脚下的这条鹅卵石小道，却总是忽高忽低地在黄土坡和山垄上飘忽，别说无景可观，就是路边的树木，也只是些丛生的茶籽和瘦小的马尾松、杉刺条，令人越走越失望。

当我漫不经心地转过又一个山嘴时，蓦然举首，却不由怦然心动，难以自禁地爆出一声喝彩。对面，有一道石壁在丘陵丛中拔地而起，光溜溜，黑黝黝，通体不沾一粒黄土，也不长一棵小草。一只孤鹰正傍着石壁盘旋，更衬出这铮铮铁骨的伟岸和崔嵬。石壁正中,有一个圆拱形石洞,令人惊异的是这石洞竟是透空的,它仿佛是烂柯山敞开的心扉,透过它,可以看见石壁后面那云烟缥缈的一洞蓝天。远望石壁犹如一座威严的关隘,雄踞于黄土山群之中,那石洞就是城门了。我去过山海关,但和这大自然的造化相比,无论气派还是形势,"天下第一关"都要逊色多了。洞顶有一道石梁凌空而起,横架于半空之中,在天际勾勒出一条粗硬的弧线,这就是人们所讲的"天桥"。它的样子确实像座桥,但又有哪座桥有它这长虹穿云的气势和浑然一体的凝重?

远望是无限风光,近看更是另有一派景象。当我沿着那条鹅卵石小路登上石洞时,才发现它竟如此宽敞,穹形的洞顶覆盖着,是一个天然大会堂,在这里坐那么几百人将毫无问题。由于空气的对流和地势高旷,这里风特别大,劲特别足,我觉得自己的心胸也似乎被这"穿堂风"吹得清清爽爽,那些污垢浊气都一扫而空了。在这里自然会想起"王质遇仙"的故事,遥想当年两位仙翁沐着清风在此凝神对弈,一局未了而人间已是沧海桑田,那气魄和胸襟,岂是凡夫俗子所能想象。

洞顶就是那道石梁,它就像是烂柯山的脊梁,经历了千万年的风风雨雨,却连一丝儿缝隙也没有,挺身于蓝天之下大地之上,支撑起这一世上奇观。

漫步在天桥上,我觉得脚步分外坚实,心胸分外舒畅,视野分外开阔。烂柯山是朴实无华的,它不用矫饰打扮自己和取悦人们,就如同浙西大地上那些平平常常的黄土丘陵一样。它又是如此地开放,它把自己的心扉敞开在人们面前,不用浓云密雾来遮遮掩掩,也不藏景于九曲回肠神秘莫测的洞府之中,而要人们来探幽觅奇。它的胸怀又是如此开阔,它的脊梁又是如此坚挺。

站在天桥上放眼四望,高低起伏的黄土丘陵就像一片海涛,翻腾着,汹涌着,一直和远处的仙霞岭连成一片。这时我可不敢小看这些黄土丘陵了,因为我知道在那些黄土下面,都有一副铮铮铁骨,鄙薄烂柯山,鄙薄黄土丘陵,只能说明自己的偏见、无知和浅薄。

我庆幸自己游了一趟烂柯山,我没有白来。

原载于1987年4月4日《衢州报》

小溪泛尽却山行

岳飞和招庆寺

传说南宋抗金将领岳飞,在接到十二道金牌后"奉旨趋阙"途中,曾在一古寺借宿。寺里老僧用面条款待,岳飞食之淡而无味,便问老僧何以不放酱油。和尚拈须一笑,说是酱油在碗底,只要把面条"翻一翻"就行。"翻"者反也,老僧实际上是在暗示岳飞造反。当时情况很明显,岳飞此去必定凶多吉少。不料岳飞闻言勃然大怒,将面条连碗抛出窗外。后来岳飞果然屈死风波亭中,成了千古遗恨。

据说这个古寺便是龙游的招庆寺。

出龙游城北行,过了衢江,地势渐高。离城20公里,远远便能望见一山突兀而起,暗褐色的峰顶如同一块巨大的煤块,又像是山水画中的一团泼墨。这就是乌石山,招庆寺就在山顶那巨大的乌石脚下。

一溜狭长曲折的石阶,像一架飘然而降的天梯,沿着石阶登山,尽头是一块坪地。走到这儿,我已是热汗淋漓,气喘吁吁了。好在这里古树修竹茂然成林,块石累累随置左右,赏心悦目,令人倦意顿消。

　　抬头仰望,峰顶寸草不生,精光溜滑地如同钢铸铁浇一般。中间好像是被谁劈了一斧,豁然开裂。劈开的夹缝下有一个大山洞,这就是"幽岩"。古人有文字描述这里的风光:

　　　　石壁千寻,上有幽岩,岩深三丈,广倍之,有泉穿石而出,终年不竭。岩背乌石划开,分峙左右,中深数十丈。

　　招庆寺建于唐大和元年(公元827年),距今已1100多年。南宋时,由于这里和当时的要隘梅岭关接壤,所以岳飞、张浚、刘光世等将领都到过这里。岳飞曾在寺里木桌上题词:

　　　　岳飞奉旨趋阙,复如江右,借宿幽岩。游上方,览山川之胜,志期为国,急欲扫平胡虏,恢复舆图,迎二圣沙漠之辕,辅圣主无疆之休,因结缘佛寺,以记岁月。绍兴三年十月初三日题。

　　他还在这里写有《招庆寺送张紫岩北伐》的诗:

　　　　　　号令风雷迅,天声动北陬。
　　　　　　长驱渡河洛,直捣向燕幽。
　　　　　　马蹀阏氏血,旗枭可汗头。
　　　　　　归来报明主,恢复旧神州!

　　诗句间充溢着堂堂正气,至今读来仍令人感动不已。只可

惜他心目中的"明主"是个十足的昏君，以致一代良将竟遭"莫须有"之罪。

当时的招庆寺，"梵阁廊庑广四亩余，竹木环刹七亩余"。而眼前景象却实在令人失望，断垣残壁几成废墟，有关的遗迹更是无从寻访了。

于寺后寻步上山，约50步，穿然一洞的幽岩便现于眼前。当年宋宗室仪泰孝王建"幽岩精舍"于洞中，"楼阁层出极目千里"，现在也荡然无存了。

回首乌石山顶，由于距离近了，石壁上因雨水冲刷而成的缕缕水痕很是分明，看上去真像是淋淋漓漓往下流淌的面条。据说由于岳飞用力过猛，把那碗面条一直甩到了乌石山顶，于是"面条"便永远地挂在这乌石上了。看见"面条"，自然要想起那个传说，不由人不感叹怅惘。

越过乌石山后面的梅岭，建德市的灵栖洞便近在咫尺了。我忽发奇想，如果把招庆寺修整一下，使得从杭州出发，经过富春江、瑶琳仙境、千岛湖、灵栖洞的旅游线延伸到乌石山，那该多好。面对山顶的"面条"，人们将得到不少启示，何况这里的景色也确实不错。

原载于1987年7月8日《浙江日报》

九峰山寻根

　　受春风绿野的召唤，便有了九峰山之行。龙游的饭吃了多年，游兴中也就掺和了些许"寻根意识"。

　　《后汉书》描写九峰山风光，说是"九石特秀，色丹，远望如莲花"。这是指远景而言，我在金华至龙游的火车上已赏识过，确有这么回事；贯休和尚"九朵碧芙蕖，王维图未图"的诗句，也早烂熟于心。"峰峦挺拔，岩洞玲珑，望之似蜂窠。"说的是近观，下车伊始，我就感到这并非夸大之词：山说不上雄伟，挺立于金衢盆地南缘，却也自成气势；深红色紫砂岩构成丹霞地貌特有的一排排、一层层的洞穴，不但"玲珑"，还给了我丰富的想象，相比之下那"蜂窠"的比喻却未免过实，仅得其形而失其神韵了。我也便来了劲，拽开大步奋勇攀登。一方面是为眼前景色所鼓舞，一方面也由于"根"的诱惑。

　　九峰山古称龙丘山，西汉末有龙丘苌在此隐居，当时他的名声比严子陵也小不了多少，据说两人还是好朋友。其后，又先后有两位乡贤因仰慕龙丘苌，而在他隐居的石室中避世求学。一

是南齐徐伯珍，有"箬叶学书"佳话传世，《南齐书》有传；一是徐安贞，《全唐诗》收有他的诗作，新旧《唐书》均有传。千百年来，县人把他们奉为楷模和偶像，在石室中刻"三贤像"，建祠致祭。山以人传而人以山重，先贤的风节与风光景色两相辉映，龙丘山也就成了一方名胜。唐贞观八年（公元634年），又把该山所在的太末县改名龙丘县，如此沿称近三百年才改为龙游县。因了这一历史渊源，近代学者余绍宋出于对故乡的挚爱和对先贤的崇敬，为该山被划归汤溪县，使"我县立名遂失依据"而耿耿于怀。见当时的民政厅长阮毅成很喜欢他作的《龙丘山图》，便半开玩笑半当真地表示，只要阮能使龙丘山得归龙游，愿将此画奉赠。

眼前的景象却令我失望：石室依然还在，三贤像已荡然，昔时供先贤躺卧坐诵的石床变成了佛台，摆着一些泥塑木雕的菩萨，门类既杂，排列也不成章法，却也红烛高烧香烟袅袅，香客们挨挨挤挤忙忙碌碌，执事者又尽是些僧不僧、道不道的角色。

"天下名山僧占多"，也是个源远流长的传统。那些名山古刹，毕竟不失其情调和氛围；眼前这"愚人不解劈山象，当作菩萨乱烧香"（郭沫若诗）的景象，又算是哪门子事？

"根"是无处可觅了，上山时的好兴致也消失了，坐在返家的汽车上，回望渐渐远去的九峰山，我又想起余绍宋的《龙丘山图》。它现为省博物馆珍藏，我曾有幸得见，确为形神皆备功力不凡的大家之作。假如老先生尚在，恐怕也不一定舍得拿来换取这赵公元帅、送子观音者流的厕身之地了吧。

原载于1992年4月23日《衢州日报》

初游三叠岩

听说以景色奇险幽深、佛事悠久而著称的三叠岩,已着手开发,我怀着先睹为快的心情,前去探玩。汽车出龙游县城一路东行,约半小时到湖镇,折而南行,盆地风光便渐渐为黄土丘陵所替代,不一会就在一个叫作彭塘的村边停下。只见在仙霞岭余脉那一抹青山的大背景下,耸起一丛紫砂岩构成的山崖,但见林木扶疏,山势迤逦,却并无想象中的岩洞景观。这第一印象就很不错,因为"藏而不露",本来就是一个很有讲究的美学原则。

进入山口,顿觉荫翳蔽日,环境分外清幽。小径一道,蜿蜒于茂密的竹林树丛之中,拾级而上,才见一座山崖在群山拱卫下昂然而立,从山脚到山顶,分三层排列三个黑黝黝的岩洞,这就是"石室如楼相叠三层"的三叠岩了。第一叠人称皇帝洞,因明太祖朱元璋曾在此躲避追兵而得名。洞势逼仄,怪石凌空飞悬,内有暗河与九峰山相通,令人不敢贸然深入。二叠洞势轩敞,岩壁平直,宛如一大厅,当年这里曾建胡公殿祀胡则,故称胡公洞。洞中有石鼓,"击之渊渊响彻木杪"(《龙游县志》语)。据湖

小溪泛尽却山行

镇镇三叠岩风景开发区办公室的老刘介绍,他们即将进行暗河的考察和石鼓的整理恢复,这自然是很吊人胃口的事。

三叠岩的佛事起于宋朝,由一位仙岩籍和尚首创。据县志载,南宋度宗曾"遣使祭其山",朱元璋登基后又封之为"护国禅院",传说做了和尚的建文帝也"曾云游过此"。老刘同志告诉我,这里的庙宇完全倚岩壁筑成,高与岩平,建有楼梯沿石壁曲折延伸,连接上下,并利用天然岩洞建佛殿,使屋宇和山崖、岩洞构成一个整体。这样的建筑自然相当宏伟,使我联想起悬空寺一类建筑和《阿房宫赋》的一些词句。只可惜屋宇建筑早在五十年代便被拆毁,我们只能凭一些遗迹来推想当时的式样和规模。

第三叠已近峰顶,放眼四望,山川、市镇、村舍、田园……方圆数十里风光尽收眼底。特别是东南5公里处那被诗僧贯休称为"九朵碧芙蕖"的九峰岩,遥遥相对,历历在目,在金衢盆地南缘,构成一对互相呼应的姐妹山和姐妹景点。

三叠岩附近还有蝎岩、狮岩、牛岩、虎岩等景,所谓狮蹲虎啸、飞蝎卧牛,皆因形似得名,生动的民间故事又替它们蒙上一层神秘色彩。尤其是突兀于山谷边的虎岩,身姿富于动态和力度,虎头高昂,位于虎头下部的岩洞,酷似正张开着仰天长啸的虎口,凝视之中,似乎听得见那昂昂然的吼声。

突然,一阵猛烈的爆竹在岩顶上空炸响,锣鼓声也骤然而起,吸引着游客们涌向胡公洞。这里已变成了舞台,表演当地传统的麒麟舞。传说当年朱元璋是在麒麟救护下脱险的,麒麟舞即起源于这个传说。它类似于舞狮,但制作更为精美,舞姿也更刚健威武。这"麒麟"年初曾应邀赴杭州,参加省电视台的春节联欢晚会,演技自然不凡。只见它随着鼓点跳跃腾挪,套路丰富多变,尤其是口喷烈火的绝技,更为壮观。粗犷而充满阳刚之美的舞风,只有在这山野深崖的环境中表演,才能达到艺术氛围的完美和统一。也把历史、传说、景观串成一体,拓宽了人们的想象空间。

一曲终了,主持者又邀请游客作即兴表演,便有两个小伙子踊跃上场。锣鼓声再次响起,人们的欢声笑语也更为热烈,更为响亮……

原载于1993年3月4日《衢州日报》

小溪泛尽却山行

151

三门源探源

　　汽车一直在起伏不平的丘陵地带翻岗过岭,穿谷爬坡。当地势终于稍趋平坦时,千里岗山脉的崇山峻岭却又毫不客气地横亘在眼前了,公路也就在这山岭南缘画上了句号。

　　下得车来,首先引起我注意的是那一峰独插云天的饭甑山。它曾是一座火山,山顶圆锥形的火山口,形似一个硕大无比的饭甑,仰望那缥缈云霭,宛如袅袅而起的炊烟,真不知这一大甑饭是为谁而炊? 何时能熟?

　　三门源村就坐落在饭甑山东麓,十八罗汉峰环绕村后,三门源溪穿村而过。峰虽说不上雄峻,但皱褶发育充分,山势变化多姿,宛如山水画家用披麻皴笔法点染而成。溪水清而浅、浅而急,串联起两岸的村舍民居。一条朴拙的板桥横架溪上,更多了一份韵致,一份遐思。

　　三门源是个古老的村庄,由于处地偏僻,使不少建筑得以逃脱兵燹战乱保留至今,近来曾吸引着不少专家前来考察,《浙江画报》也曾专文介绍。这当中以叶氏建筑群最著名。叶氏是世居该村的大族,建筑群建造于清道光二十六年(公元1846年),建筑面积4500平方米,主体建筑五幢,由甬道、庭院、花园等组合而成。流连在这高门深院之中,我深为它宏大的气势和巧妙的组合折服,更为墙体、藻井、梁柱、门窗等处精美绝伦的装饰而赞叹不已。特别是门楼上的砖雕,更是精湛细腻,给人以完美的艺术享受。比如那一方《霓虹关》戏曲砖雕,两马相交刀枪并举的画面,生动简洁固不待言,就连人物的长须、战马的鬃毛等细微之处,也精雕细刻而富有动态之美;那一角城墙的背景处理,更在这尺幅之地展现出广阔的空间。面对这些体现着先人们的审美情趣和志向爱好的建筑装饰,我不能不为先人们对美好生活的执着追求而感奋和激动。

开始上山了,听说三门源溪的源头离村只有3里路程,我便鼓起勇气进山探源寻胜。一路缘溪行,溪水若即若离,景色也不断变化,真不知这藏在大山深处的源头是番什么风景。

路越走越小,溪流越来越细,渐渐地,路和溪又叠在一起了。人在那些块块累累的卵石上蹒跚跳跃,水在石头的缝隙中迂回。在转过一个山弯时,我蓦然发现远处有一线水流,从石壁森森的断崖上飘忽而下。待到近前,才知这一线水流原来是一条高60米、宽3米余的瀑布,轰轰然从崖顶直冲而下,又在崖脚的石罅中汇成溪流出山而去,于是就有了那么一条溪,有了那么一处景。

山崖称白佛岩,因岩壁上刻有佛像而得名。当我沿着山径上行约30米时,果然发现,就在瀑布后面的崖壁上,有一真人大

小的佛像,由于瀑布的间隔和距离太远的缘故,这佛像只给我一个影影绰绰披袍戴冠的形象,不知是前人的摩崖石刻呢,还是大自然的造化。据介绍,山顶还有一潭,叫里古井,瀑布就因潭水漫溢而成。看来山顶定有可观之景,只是天色将晚,这份悬念还是留待今后再来揭晓吧。

原载于 1993 年 3 月 19 日《衢州日报》

石壁寺寻踪

此刻,我正在湖镇北面的溪滩上等候过江。渡船还在对岸,我乐得抽这个空当领略一番"江流天地外"的诗境,咀嚼"逝者如斯夫"的况味。

龙游《旧志》称:"石壁寺在县南三十里,唐时僧贯休建。"《旧志》还把"石壁渔舟"列为"龙丘十二景"之一。贯休是以诗书画三绝享誉古今的名僧,兰溪人,这石壁寺对我就有了莫大的吸引力。按旧志所载推测,寺当在灵山江沿岸,但经多方打听,却始终未有着落。一日偶和友人老童道及,彼却拊掌而笑道:此乃《旧志》所误,寺在县东三十里,离他家湖镇下童村仅数里之遥。据其家谱载,明嘉靖年间,童氏族中有人在寺中当伙夫,时寺僧因举止淫乱危害地方,被官府剿灭,童姓伙夫助官兵有功,官府将寺产中部分土地给他耕种。童氏族人后来称这些土地为"太公田",他小时还去掘过番薯云云。老童言之凿凿,我自然感奋,于是便有了这一次石壁寺之行。

这一段衢江水势浩大,景色也很可观,特别是江北岸那临江壁立的高岗,凝重而又逶迤,使画面有了背景,也增添了气势。在如此高岗上建寺,襟江带水,烟波万变,定有一番风光和气象。恐怕也只有贯休这样的诗画之僧,才有如此的风流雅兴吧。

弃船上岸,老童却并非如我预料那样沿江而行,却一味往北而去,早把那衢江甩在身后。望着眼前的那条蜿蜒乡道,我不由犯疑:如此而行哪有"渔舟"可寻?就在这当儿,老童停下脚步,笑吟吟吐出两个字,"到了"!

南宋诗人于石曾写有《题石壁寺》诗:

> 石壁名山多胜游,背环古木面清流。
> 一池空对旃檀塔,双港中分芳草洲。
> 豹隐安知兴废事,眠牛不碍往来舟。
> 海棠菡萏今何在?风月人间几度秋。

诗前还有小序,说寺有芳草洲、眠牛石、双港水、旃檀塔、豹隐岩、菡萏池、海棠源、风月亭八景。但此时此刻,呈现在我眼前的只是一块山间坪地,唯见杂草在春阳下放肆地展示鲜亮和生机,何尝有什么寺院的踪影和诗情画意的"八景"?

老童并不多作解释,带着我在那些瓦砾和墙基柱脚的遗迹中翻捡往昔的辉煌。由于伙夫太公的关系,他自小就熟悉了这里的一切。当我来到坪地南缘,却不由地怦然心动:脚下竟是一道危崖,崖壁光滑如墙,直落而下。崖底虽然也是一片田地,却不难看出河道遗迹。老童还指点着滩田中一块黝黑的巨石,说那就是"眠牛石",虽说失去了江水的映衬,"牛"样也依稀可辨。老童又遥指南边水流如带的衢江说,当初江水在湖镇上游分叉,一股入湖镇白鸽湖，一股则在这里打一个拐再逶迤东去，因而有"双港中分芳草洲"之景。后来江水改道南移，便撂下了这一片滩田和累累石壁。

世事沧桑，本是常理，何况贯休和尚本来就是个很洒脱的人物。当年吴越王逼他把"一剑霜寒十四州"改为"四十州"，他答以"州亦难添，诗也难改，闲云孤鹤，何天不可飞耶"！该是何等从容自如。贯休选中这荒江野岭之处建寺立庙，目的就是为了追求那份"无事相关性自摅，庭前拾叶等闲书"的闲散；"青山万里竟不足，好竹数竿自有余"的清静逸致；以及"近看老经加澹泊，欲归少室复何如？面前小沼清如镜，终养琴高赤鲤鱼"的淡泊。实地一游，信不诬也。（引文见贯休诗《溪江秋居作》。）

原载于1993年4月29日《衢州日报》

小溪泛尽却山行

157

绿葱湖探秘

下了车,我们一行7人就开始爬山。反正是无话可说的了,海拔1390米的高度,不弄个汗湿衣衫精疲力竭,就休想探得绿葱湖的"庐山真面目"。

绿葱湖是个很有点神秘色彩的地方。山高势险,又处在大山深处,常人很少上去自不待言,更令人难以相信的是,如此高山峻岭的绝顶之处,居然还有一个湖,所以古人姜美琼诗句中有"满地绿葱供我采,一池碧水任人看"之句。旧时还传说水中有潜龙,所以每逢旱灾,求龙雨的目的地也就非此莫属。

一路山行,竹木森森,山溪潺潺,春光下的山景很是可观,时而有飞瀑点缀于高崖深谷,拱卫于四周的山峰更是时高时低,随着我们视角的变换而演化出一幅幅不同的画面,令人体会到先人"横看成岭侧成峰,远近高低各不同"诗句之韵味和功力。往上去,渐渐地竹木退避,呈现在眼前的是一片映山红的烂漫和璀璨,映山红并不稀见,但这里却有一人多高,而且是如此地漫山遍野,却为他处所未见,也更吸引着我们再鼓余勇向上攀登。

终于，映山红退避到我们的脚下，绿葱湖的顶峰开始出现在视野之中。只见云天之下横亘一脉山峰，那山脊线曲折起伏，一直往东延伸，并串起几座山崖。迎面却是一片开阔的缓坡，这和姜美琼诗中"峰顶坪开百亩余"的描写吻合。但这里既无竹木，也无灌木，唯有半人高的茅草，苍苍茫茫，直向山顶铺展。

崎岖的山路到此消失了，要想攀高只有从茅草丛中披荆而上。待攀上山顶，我就明白三个多小时的艰难努力并非白搭。如果说山北面的那一片缓坡并不怎么样的话，那么山顶和山南就多悬崖峭壁和怪石奇松。山顶巨石嶙峋，由于风大，松树的模样也就古怪，虬枝盘曲多态多姿，令人联想起遐迩有名的迎客松、盘龙松。

沿山脊线东行，有一石壁横空而立，嶙峋山石构成标准的"斧劈皴"。同来者告诉我，这叫燕子崖，因多有燕子作窠而得名。转至石壁后面，景色更为可观，各种各样的奇石竖立横卧，有的似披盔拥袍的将军，有的似圆月，有的什么都不像，但又颇耐人琢磨，引人遐思。

当然，最令人关心的还是那个湖泊。它就坐落在东头的山弯中，水已经没有了，成了一片沼泽地，里面遍布着黄花菜的绿叶，这大概就是"绿葱"的出处处。据陪同者讲，在这片烂泥草皮下面横着不少大圆木，人们踩在上面才不至于有下陷的危险。

山顶上的"湖"蕴含神秘感，风光更令人赞叹，这次探秘之行也就不虚此行了。

原载于1995年5月28日《衢州日报》

再 到 梅 城

初去梅城,是30多年前的事。那是一次很有些古典情调的旅行,扁舟一叶,顺着新安江漂流,水路悠长,青山迢遥。到梅城时正是傍晚,在小客栈过一夜,第二天又放舟东下。虽然只是匆匆一瞥,但是那映着晚霞的江流和码头边一抹余晖中的古城墙,以及城门洞下洒着水花的一溜石板小街,便深深地留在我的记忆中了。

那时,我还是个初中生,对梅城可谓一无所知。后来年岁增长读书渐多,才使我对这古严州府城有了一些了解,于是乌龙庙、梅花雉蝶,以及范仲淹"云山苍苍,江水泱泱,先生之风,山高水长"的诗句等,这些有关梅城的传说和诗文,更在我心目中增添了古城的色彩和魅力。然而岁月匆匆,杂事纷扰,我却一次又一次地和梅城交臂错过,直至前不久一次参观严州中学的机会,才使我再次踏上这新安江畔的古城。

现在的梅城,仅是一个建制镇的行政中心,现代化的建设却也使它气象万千，面貌一新。令我欣喜的是，尽管梅城变大了，变新了，但那一条小街却仍然存在，除了原先的石板路面被水泥所替代以外，小街面貌依旧，风韵犹存，以至于使我毫不费力地辨认出当时作客栈的那幢临街小屋。小街自然是出于旅游目的而保留下来的，可喜的是主事者并未搞那种"仿古一条街"之类的雕琢和虚饰，而以一种原汁原味的面貌，展示严州府城的旧时模样，真切、自然之中也就有了格调，有了神韵。

小街的尽头，就是那个城门洞，城墙虽然没有原先那么长，却比原先整齐、坚实，还修造了石阶通道。在城墙上还耸立起一座二层的城楼，飞檐翘角，势压江城，城楼没有画栋雕梁的艳丽，古色古香地以朴拙苍老与小街相互协调，相互映衬。登楼远眺，江水荡漾，远山逶迤，古塔村舍俨然如画，构成一幅动态的《富春山居图》，眼中景，心中情，使人感奋，令人赞叹。

城市的景色往往以水湄江滨为最，那些著名的楼台亭阁，也大多屹立于城乡交接、山水汇聚之地。历史上的梅城，很大程度上得益于新安江和兰江汇合之处的地理优势，江滨自然是古城风光的重点所在，而这城墙和城楼的修复建造，可谓是恰到好处的点睛之笔了。

作为景色的点缀，梅城街头还修建了两座牌坊，一座是纪念三国时孙权的本家侄儿建德侯孙韶的"建功立德"坊，一座是纪念曾在这里任知州的北宋名臣范仲淹的"先忧后乐"坊。有这么两座牌坊临街而立，梅城的历史文化氛围也就更加浓郁，更加隽永了。

梅城其实是很有特色的，当年就是那古城旧街和江滨风景

和谐相融，使我这个尚不懂审美的初中生在无意识的状况下，获得一个深刻的印象。现在的梅城，作为"三江两湖"黄金旅游线上的一个景点，又以不温不火的精心设置，使我领略了它的底蕴和风韵，与当今某些景点建设中的浮躁与浅薄相比，这就更显得难能可贵了。

原载于1996年10月2日《衢州日报》

江郎奇险天下雄

巍巍仙霞岭高峰如林,海拔800多米的江郎山只能算是一个小不点,却因"三石凌空拔地起,壁立千重刺破天"的景观,吸引着广大游客。如果说"三石凌空"强调的是其景之奇,那么"壁立千重"就渲染着其势之险了。险中有奇,奇伴险生,这奇和险实际是互为表里相辅相成的,抓住了这两个字游江郎山,则其景、其情、其趣也就尽在个中了。

江郎山的顶部由三块成"川"字形排列的巨石构成,分别称作郎峰、亚峰和灵峰。郎峰最大,高达280余米,围长2000多米。如此浑然一体的巨石耸峙于云天之中,远远望去,但觉危岩兀然,摩天插云,景奇势险;近观则石壁千仞,直上直下,景险势奇。

来到峡谷底部,我被眼前景象震慑住了:郎峰像是被人一刀剖开,"刀口"高达280多米,长达300余米,宽却仅三四米,就像一条又深又长的小弄堂,两边石壁如墙,光溜溜、黑压压的,似乎

163

要朝我们挤压过来。抬头仰望，只见那窄窄的一线云天透进些许光亮，穿堂风一阵阵袭来，更给人一种阴森黝黯的感觉。"若非亭午夜分，不见曦月"，这是前人描写长江三峡山高谷深的夸张之辞，用在这里却是恰如其分的写实之句了。真不知道是什么力量，把这浑浑然的山体硬给分成为两爿，而且分离处又如此笔直，如此整齐划一。

而在亚峰和灵峰分界的峡谷里，看见的又是另一番景象。这里石壁对峙，宛如一个巨大的城门，特别令人称奇的是，峡谷口两边各有一块竖立着的长形巨石，恰似两扇巨大无比的石门。左边的一扇已经打开，紧贴石壁而立，右边的那扇则斜撑着，似乎正迎着峡口的风而缓缓开启，使人不由自主地联想起"石门开，金牛来"之类的神话。

欲上郎峰之巅，最后还得攀登1500多级石阶。石阶是在那光溜溜的石壁上凿出来的，呈"之"字形曲折而上，宽处二尺，窄处仅尺余；坡度有大有小，最陡处几乎是垂直的，靠双手紧攀栏杆才能上去。有几处实在难以开凿，只得用铁板架成栈道借以通行；有几段又似隧道，向山体内凹进去，行人不但要注意脚下，更得当心头顶那突兀的岩石。行进在如此的险道上，我是小心翼翼地慢步挪动。尽管外侧有栏杆护卫，尽管悬崖的石缝里多有奇松怪树，尽管有那似雾似烟的云朵在山谷中升腾变换，我的双眼却始终盯着脚下的石阶，不敢朝外边斜视，以避免遭受那目眩心悸的惊吓。只有在山道的转折处，由于地势较平坦，才敢放眼睥睨，朝栏杆外侧看上几眼。这时的我才算体会到"如临深渊"绝非空泛的套话，而是一种实实在在的感受。

　　终于,天梯似的石阶被泥石的缓坡所替代,树木也愈来愈多,于是那久悬着的心也松弛下来了,峰巅已经在望,在那险峰之顶,等待着我们的,自然是雄奇壮伟的无限风光。

原载于1997年6月5日《江山日报》

品 味 乌 镇

　　6年前,我曾和同事们去嘉兴公干,出于对茅盾先生的敬仰和对运河流域水乡风情的向往,趁一个下午的空闲去了乌镇。我事先已打听了,从嘉兴去乌镇半天时间可以走马观花游一趟,所以午饭后就匆匆赶往汽车站。

　　当时还是运输公司的一统天下,买票、候车按部就班,大客车款款而行,好长一段时间都耗在各个车站及呆板的运行之中了。直到车出桐乡县城,行驶在去乌镇的乡间公路上时,随着桑树的增多和港汊的繁密,车窗外的景色才渐入佳境。桑林先是散布在高阜处和河道旁,终于愈来愈多、愈来愈密地汇成一片。正是江南草长的季节,葱郁茂密的桑树近看叶色鲜亮,枝条柔顺多姿。远望则铺展堆叠,似海如云。桑林的空隙处往往有那一湾清清亮亮的河港,时隐时现,若断若续地闪烁流淌。如此画面再加上那些鸭棚、石桥,以及晒着的渔网、流动的小船随处点染,江南水乡特有的情韵,也就尽在这如画风光之中了。

待车到乌镇,我才从售票员口中知道,这趟车已是当天最后一次班车,而且车子是马上就开,连站在乌镇的土地上抽一支烟的余地都没有。想不到我的乌镇之行,成了一次雪夜访戴式的经历,好在尽管是坐着汽车匆匆一瞥,我毕竟领略了茅盾先生笔下描摹过的江南蚕桑地区风光特色,感受了老通宝、四大娘等人物的生活环境,也算不虚此行了,反正水乡小镇也去过不少,茅盾先生的生平和故居情况,也已通过一些书刊大致了解,游不游乌镇并不很重要。

今年夏天,当我终于又有机会踏上乌镇的石板街时,我才明白作为大运河畔的古镇,乌镇是很有一些特色值得我们好好品味的。这里河道纵横,港汊密布,屋舍傍河而建依水成街,长桥短桥桥桥相连,大街小街街街可通。石桥、河水、古埠、人家,构成浓郁的水乡情韵。其中最精华处自然是茅盾故居那一隅:几幢旧民居,供人们忆旧怀人,也有曲径通幽之趣。屋旁是一条窄窄的街,街外是一条小小的河,河水那么悠悠地流淌,于是,历史文化的底蕴与地方风情的韵致,便和谐地融成一体。没有雕琢的火气,也没有过分的张扬,朴实无华,原汁原汤,任凭着我们去细细寻访和感受岁月风尘、江南烟雨……

如果拿乌镇与其他一些江南水乡相比,绍兴自有其古越风情,但总嫌"旅游味"太浓;享有"东方威尼斯"之誉的苏州,我总觉得那里的景点显得过于精致,一般处所又太平实粗疏;杭嘉湖一带不少小有名气的集镇,因建设中未注意保护,已失去了运河流域江南小镇的特色;与乌镇同属桐乡县的石门镇,那里

的丰子恺故居也很可玩味,但可惜环境氛围还嫌不足;相比之下,乌镇由于人文景观和自然风光的协调统一,确实不失清新自然的韵致和魅力。我又想起上次在车窗中看到的景色,如果能有机会到那些桑园深处流连一番的话,我相信,那感觉将更加不错。

原载于1997年12月3日《衢州日报》

寂寞缘缘堂

这是一方寂寞的天地。一堵高墙,圈起一个小院;两扇旧门板,隔开了喧嚣的闹市;三楼三底的一幢楼屋,房子是旧时式样,摆设也是旧时式样。时间仿佛在这里来了个急刹车,把这一方天地遗留在了1930年代的某一天,于是,当今之世的热闹繁噪便与之绝了缘。

其实缘缘堂本来就是寂寞的,它的主人丰子恺先生,原本就是一个甘于寂寞的人。平生教那么几节课,编那么几本书,再就是画画漫画,写写随笔,闲时也无非找几本书翻翻,弄两碗老酒喝喝。居家似处子,外出若闲云野鹤,图的就是一份清静恬淡。现在还挂在书房里那副先生自书的"草草杯盘供语笑,昏昏灯火话平生"的对联,就是这种生活态度的概括。他曾说:"我的心为四事所占据了:天上的神明与星辰,人间的艺术与儿童。"他皈依佛教,淡泊为生,除了对艺术的追求,对代表着未来的儿童的关爱以外,尽量超脱尘世的纷争与俗务,将宗教作为

169

小溪泛尽却山行

精神的寄托。对于在故乡营造的这一处居室,他曾引用宋朝诗人王禹偁"彼齐云落星,高则高矣。井干丽谯,华则华矣。止于贮妓女,藏歌舞,非骚人之事,吾所不取"的话,表明自己只追求"适合我的胸怀,可以涵养孩子们的好真、乐善、爱美的天性"的态度。遵照这样的目标建造的缘缘堂,又怎么能和喧闹有缘?丰子恺先生也曾饶有情趣地描摹缘缘堂春花秋月、燕语呢喃、秋虫四壁的情景,以及火炉里煨年糕、芭蕉荫下小酌、小语弄剪刀一类的生活,从中流露出来的那份淡泊宁静,也就难免要和寂寞沾边了。

丰先生建造的缘缘堂,其实早已毁于抗日战争的烽火之中了,现在的建筑,是桐乡市政府为了纪念丰子恺先生,而于1984年12月在原址按原貌重建的。主事者的目的,在于为人们探寻这位文化名人的踪迹,提供印证和体验的实物场所,并无"搭台唱戏"的功利目的,因此也就没有了哗众取宠的举措和包装,只任其以原汁原味的本色,复现在这古运河边的小镇上。所处位置既非交通要道,也非政治或商贸中心,也不是什么黄金旅游线,游客也就不多,来得寂寞,去得寂寞,带走的是一份寂寞,留下的是一份更深的寂寞。何况运河已不是当年的运河,小镇已不是当年的小镇,这一方天地也就显得比当年更为寂寞。

缘缘堂是寂寞的,由于寂寞,也就没有了一些旅游点常见的各种拉拉扯扯纠缠不清,没有了俗物的碍眼和扫兴。来游者尽可以由着兴致盘桓流连,细细地看,静静地思,慢慢地斟酌和品味那蕴涵于寂寞之中的文化心态和人生境界,以及那禅的超然、儒的执着……

于是，也居然有人说：缘缘堂妙就妙在这"寂寞"二字。

原载于1997年12月17日《衢州日报》

小溪泛尽却山行

桃花源里人家

　　去安徽黟县，是为了看那些古代民居。唐朝大诗人李白，曾观照陶渊明笔下的桃花源，对黟县的风情作概括描述："黟县小桃源，烟霞百里间。地多灵草木，人尚古衣冠。"黟县的西递村，就是这么一个典型的桃花源里人家。西递村位于黟县县城东8公里处，地处山间小盆地，颇有"土地平旷，屋舍俨然，有良田美池桑竹之属"的风光韵致。而最为人称道的，就是古建筑。这里有威严高崇的明朝牌坊，巍然屹立于村口，给我一个印象深刻的"亮相"。还有那名为"追慕堂"的胡氏祠堂，建筑宏敞宽广，气势不凡。由于其先祖曾于唐末援救并收养了唐昭宗之子，所以该祠堂塑有李世民像，显示家庭的不平凡历史渊源。还有被专家誉为"国内首屈一指的民间绣楼"的大夫第，彩楼临街，飞檐翘角势态飘逸，为古建筑中所罕见。其实，作为单个的古建筑，各地多有保留，其中也不乏精致之作；但在西递一村，至今仍完好地保留着120多幢古建筑，且与村巷、古井、园林构成一个整体，完整地保持着明清时期的村貌街容，这就很不一般了。

这些古建筑的梁、柱、门、窗，或砖或石或木，全都精雕细刻描金飞彩。房前屋后又大都花木扶疏、奇石耸立，有的还配以池塘、小榭。其厅堂陈设颇为考究，字画琳琅、几案典雅。特别令人感兴趣的是诸如"快乐每从辛苦得，便宜自从吃亏来""几百年人家无非积德，第一等好事只是读书""读书好行商好效好便好，创业难守成难知难不难"等楹联，体现了"徽文化"特有的底蕴，给人以启迪和回味。厅堂中还点缀着一些用人力带动的木制风扇，为吸收地气发挥降温作用而在堂屋正中挖凿的小圆井，为吃火锅而在中间挖圆洞的桌子等物事，无不体现着当时人们生活的考究程度。

西递村开辟于北宋元丰年间，距今已近千年，它的繁荣自然是徽商兴盛以后的事。徽商的崛起，是我国历史上一件很有趣味的事，他们因商而富，富了则注重读书，读了书则做官，形成徽文化特有的商儒结合、官商结合的特点。这么一个小小的桃花源似的闭塞乡村，在当时能如此兴旺，不是亲眼目睹，是不大好相信的。

作为旅游景点，我们任意地穿堂入室，进出于一个个开放的民居和厅堂。那些徽商的后人们也不失其经济头脑，殷勤地推销着各种工艺品。由于占有天时地利的优势，收入是很不错的。但在我看来，总嫌他们有点"吃祖宗饭"的味道。

祖宗饭该吃，如何给自己的子孙以更优秀的文化传承，恐怕是徽商后裔们更应考虑的事。徽州人是以头脑灵活和吃苦耐劳著称的，我相信他们在新的历史条件下，也定能有不凡的作为。

原载于2000年3月19日《衢州日报》

齐 云 山 记

　　齐云山又名白岳山,位于安徽休宁县,与黄山隔县相望。这里是典型的丹霞地貌景观,玛瑙似的基调上,三十六奇峰、七十二怪崖构成"天下无双胜景,江南第一名山"(乾隆皇帝语)。这里有拱跨40米的天然石桥,有终年水滴如幕的珍珠帘,有宽仅35厘米的一线天,有险峻奇特的天门,也有石窟相叠的楼上楼。正因其风光的独特和气象的峻伟,徐霞客曾三次登临;国画大师黄宾虹还专门刻了一方"家在黄山白岳之间"的闲章,用来钤印自己的得意画作。

　　与自然风光相匹配,这里还散布着不少古迹文物和摩崖刻石。而这一切又往往和道教有不可分割的关系。给我们导游的小道长是该山道教主持的儿子,对这一切是烂熟于心如数家珍,使我长了不少见识。

　　据小道长介绍,早在唐朝乾元年间,就有名叫龚栖霞的道士云游到齐云山后,在天门岩隐居。而这里道教的开山祖却是南宋时的两个道姑,一位是奉"正一教"的鬼谷子门徒余氏六三娘,一位是"全真派"道姑孙不二。尽管门派不同，教规宽严相差很大，却共同为这道教名山奠定了基础。到了明朝嘉靖、万历时，皇上又派张天师后人、嗣汉天师祖孙三代先后驻留齐云山，齐云山于是更为名声大振。既是道教名山，自有其不凡之处，如在黑虎岩罗汉洞，供奉的是道教尊神真武大帝，分列四周护卫的却是佛教的十八罗汉。如此采取"拿来主义"，利用其他宗教为我所用的趣事，颇为耐人寻味。

　　齐云山到处都有道观遗址、仙人遗踪，规模最大的就是太素宫。太素宫始建于南宋宝庆二年(公元1226年)，相传所供奉真武大帝神像是百鸟衔泥塑成的。到明嘉靖年间又大兴土木扩建，巍峨宏丽，金碧辉煌。尤其是由三层楼阁构成的第三进正殿，由十二根石柱和十六根木柱支撑，有神道、丹墀、金水桥、钟鼓楼，俨然是皇宫大殿的气派。殿中的供器和法器也都是明朝古物，1934年4月郁达夫来游时，这些东西依然完好保存，"尤其使我们诧异的，是这道观内的铜鼎香炉、铜器石器之类，都还是万历崇祯旧物，丝毫也没有损坏。"(《游白岳齐云之记》)但这一切都已毁于十年动乱之中，当时仅砸碎的铜器就卖了九千斤。

　　现在的太素宫是近年在小道长的父亲操持下在原址复建的，规模气势和粉饰装修都很有气派，但这一副簇簇新亮堂堂的架势和周围的山光景色总嫌不很协调，文化内涵的底气也显不足。

　　站在这新修的"古建筑"面前，是难免要引发一番感慨和心潮起伏的，我欣慰于它的重建，更期盼它的未来。

原载于2000年4月3日《龙游报》

冬游秦皇岛

听说我们要去秦皇岛，北京的朋友都感到不解。谁不知道秦皇岛是避暑胜地，哪有赶在这初冬季节去吹海风的？朋友们自然是好心，但他们不知道这正是我"反季节旅游"的精心安排。秦皇岛是有名的旅游城市，春光明媚或秋高气爽时节，"天下第一关"的城墙上，难免游客充塞如同赶大集，熙攘嘈杂，又从何体验雄关高墙那苍莽壮烈的古战场情调？洗海水浴当然是有趣味的人生体验，记得那年夏天去青岛，我还特意带了泳装，但一见海滨浴场挨挨挤挤下饺子般的场面，我的兴致就全没了，在这样的环境中，你怎么挥臂蹬腿？北戴河的夏天我未见识过，有次暑期我去辽宁兴城，待到火车过了北戴河站，原先拥挤不堪的车厢，一下子清静空敞了许多。从中不难想象，那里海滨浴场的人气之旺，肯定不亚于青岛。

当我和同伴到了秦皇岛后，我们不禁为这里旅游淡季的"淡"而吃惊了。在我们两天的游程中，除山海关游人略多外，其它景点都很冷清,有的甚至是为我们清过场似的。比如那个当年伟人曾亲临观海,写下著名词句的公园,偌大一片由奇峰怪崖和亭台楼阁组成的景区,就只有我和同伴两个游人。任我们览胜景而流连,思往事而徘徊,随意而游,率性而为,这一份无拘无束自由自在,实在是难得的享受。

秦皇岛以山海风光和古迹名胜为特色,山海风光需登临品味才能得其极致,古迹名胜应细细追寻才能领略个中况味,这一切都离不开一份从容之态。由于游客稀少,我们得以放松心情,在山海关的关楼里凭栏,在城墙上信步,为一处细微的疤痕,探讨是李自成农民军的箭镞所伤,还是北洋军的子弹击中;在孟姜女庙,我们坐在门前的台阶上,认真地争论那副很有名气的对联;在北戴河海滨,我们躺卧在老虎礁的背风处,一边晒太阳,一边看海潮在脚下慢慢地退却。我们还放肆地爬上老龙头长堤专门用来拍照的木台上,以古城墙为背景,摆开各种姿势互相拍照。这种机会是很难得的,要不是旅游淡季,这里早被人家用绳子圈了起来,不付钞票,休想借得如此好的背景。在伟人当年观海吟诗留下的那块石碑边,我们听海涛声声,观波涌连天,体会伟人创造的诗意和诗境。尽管眼下没有初秋的"大雨",但这冬日的海也一样地"白浪滔天",一样能引发我们"知向谁边"的遐思……

来秦皇岛前,北京的朋友一再告诫,说那里纪念品并不比北京便宜,质量也很难保证,不买为好。其实我是向来不喜欢在旅游区买东西的,怕被人家缠上,败了自己的游兴。谁知这里的摊贩在冬季来临后都撤走了,没有煞风景的叫卖和人盯人的步步紧逼,使我们更有一份优哉游哉的洒脱。

小溪泛尽却山行

　　旅途中少不了为吃饭坐车和对方砍价,几位出租车司机及饭店老板,末了都忍不住无奈而不甘地甩出这么一句话:"旅游淡季嘛,只得由你们啦。"那潜台词不言自明。这更使我暗自庆幸:冬天的秦皇岛真好!

原载于2001年2月1日《衢州日报》

盐 官 三 题

鱼 鳞 石 塘

"方其远出海门,仅如银线。既而渐近,则玉城雪岭际天而来,大声如雷霆,震撼激射,吞天沃日,势极雄豪。"这是南宋周密对钱江潮的描述。亲眼看见这天下奇观,深感周密观察的细致和笔力的雄健。当然,现场的感受,不是文字所能描摹的。

我是在海宁的盐官镇观潮的,脚下就是有名的鱼鳞石塘。石塘全由尺寸统一、六面方整的条石砌筑,石与石之间凿有各种榫槽,灌以铁浆而结合成一个整体。由于层层相叠排列整齐,因而称之为鱼鳞石塘。正是这简单而古旧的石塘,才使原本散漫的潮水得以集中,才使盐官成为名动天下的观潮胜地。

鱼鳞石塘的筑成可不容易。早在西汉初年,吴王刘濞在这里设盐官煮海取盐之初,就已开始筑堤,从"以土为堤"到"板筑法"到"木桩石塘",直到清朝乾隆年间,才最后形成条石砌筑的

捍海长堤。其间不知经历了多少次的屡坍屡筑，海潮也不知有过多少次的漫溢和改道，这一艰难历程，贯穿了钱塘江两岸整个封建文明的历史过程，最终才有了这一条相对完整坚固的长堤。这当中该有多少焦虑叹息，多少慷慨悲歌？

"征服自然"的口号，曾经是很流行很响亮的。但实际上要真正做到并不容易，似乎也没有必要，关键是要在人和自然之间寻求一种二者兼顾的平衡。从这个角度说，盐官古镇的这条堤坝，就好像是人类与海潮经过长期折冲而划定的一条底线。于是潮在堤内汹涌，人在坝上观潮，各得其所，相安无事。

陈阁老宅

毕竟是海宁陈家，陈阁老宅虽然主体建筑已废，但依然门户森森，庭院深深。那一份典雅和大气，远非一般官宦人家可比。至今依然留存的数百年前的奇花异木，以及当年雍正皇帝御书的九龙匾等旧物，无不证明着陈家"一门三阁老，六部五尚书"的显赫，证明着这古老宅院曾经拥有过的繁华。

而最引起我兴趣的，则是称为"渤海藏真"的陈家祖传的历代书法名家真迹石刻。这套石刻由统一大小的优质太湖石刻成，卫夫人、王羲之、苏轼、米芾等历代名家墨迹搜寻毕至，被董其昌誉为"网罗千载而鉴裁特精"。迭经战乱，刻石现在仅存200多块，珍藏陈阁老宅的"筼香馆"中。正是这一套渤海藏真，向世人昭示了陈氏家族对子弟文化教育和艺术陶冶的重视。海宁陈家累世簪缨，家族文化方面定有不凡之处，对此作些研讨，将比一味探求乾隆身世之谜有意义得多。

陈阁老宅只是陈元龙家的旧居,陈元龙后来居住并先后四次接待乾隆皇帝驻跸的,应该是安澜院,这真正意义上的陈阁老宅,现在只有陈列在老宅中的那组模型可供我们寻访和想象了。其实,作为历史人物的陈阁老,早已被一些艺术作品"演义"化了,对其故居,大可不必过于较真。

王国维故居

王国维故居倒是货真价实的原装,保存得也很完整。故居位于盐官镇西南隅,门对钱江潮,是一座三开两进的木结构建筑,白墙黑瓦,板壁花窗,没有曲桥流水,没有奇花异木,显得寻常、简约,平和而又不失雅致。

1886年,王国维的父亲王乃誉,率全家由闹市搬迁到这里,当时王国维11岁。他在这里住了11年,入私塾,应乡试,随父亲研习骈赋和古今体诗,还自攻金石书画,也阅读了大量的"闲书"。是书香传家的文化环境,孕育了他那被陈寅恪先生誉为"独立之精神,自由之思想"的品格;也是这种家庭文化背景,熏陶和培养了王国维这位"旷代之天才"。

故居中保留着不少王国维读书生活旧物,也陈列着不少反映王国维学术成就的实物,有着浓郁的文化气息和人文精神。在很长一个时期,王国维并未受到公正的评价,在人们的心目中,他只是一个后脑勺拖着长辫子的封建遗老。我为王国维故居完整保留而庆幸,深感盐官古镇确实是一块文化沃土。

原载于2002年7月15日《龙游报》

三清山记游三题

赏　景

那时三清山仅初步开发，缆车未装，宾馆未建，宫观也未曾整修，完整地保留了自然状态下的历史风貌。使我得以毫无阻碍地领略"江南第一仙峰，天下无双福地"雄奇险秀的神韵，和道教胜迹粗犷古朴的真趣。三清山的美，三清山的奇，三清山所体现的道教文化的厚重和散淡，给我的震撼和冲击是如此强烈和深刻。那一份恍兮惚兮、梦乎醒乎的感受至今难以忘怀。

我们是从南路上山的。正是"霜叶红于二月花"的季节，经受了风霜的淘洗而保留下来的绿色也分外浓郁厚实。一路山行，各种奇峰怪石就在这油画般的基调中，给了我一次又一次的惊喜。

三清山的石头是有灵性和生命的。从本质上讲，这些石头都是一些灰不溜秋的花岗岩,谈不上什么色彩,更和所谓的"瘦、透、漏、皱"之类沾不上边。但它们就是那么不经意地一站一摆,似乎就吸收了日月的精华和山水的灵气,成了巨蟒、猴王、蛟龙、天狗,成了拜月的老道、听琴的观音、司春的女神、相拥相抱的夫妻……

以形似来取景命名,本是风景区的老调,大自然的鬼斧神工看得多了,感觉也难免迟钝。但三清山的这一切却不但像形而且更是有神,这些景观往往不是那么一个呆板的个体,而是由一组山石构成,它们互相呼应,有主体也有客体,那画面也就有了动感有了生气。最动人的当推女神峰,衬着蓝天白云和身后的隐隐青山端坐着的,是一位女性的侧身剪影。长发垂肩,长裙曳地,挺秀的鼻、丰润的唇、微凸的下巴,延伸出柔美的曲线,神态甜美安详。就在她的双手拱抱处,生长着一对枝丫舒展的小松树,女神似乎正在爱抚赏玩两株小草,略俯的身姿流溢着爱抚之情,富有一种母性美。

就在女神对面的峡谷中,一柱高128米的石峰冲天而起,酷似一条巨蟒昂首窜出,微微前突的蟒身横空探首气势逼人,却被身后大山压住尾部,于是便有了一种挣扎腾挪之势,似乎听得见那愤怒而又无奈的咆哮之声。

我也曾登上三清山的最高峰玉京峰。玉京峰海拔1816.9米,整个峰顶就是浑然一体的一块巨石,通体精光溜滑,要不是前人凿有可供攀缘的坎坎窝窝,休想登顶。它兀自屹立于这万山之顶苍天之下,毫无依傍,毫不修饰,自有一种小看万物的孤傲和大气。这浑然之姿、孤傲之态,本身就是对道教的一种很好的诠释和点化。

当夜在山上的简易招待所住宿,第二天清晨四点左右,我们就冒着寒风去迎候日出。虽然由于天气原因,我们最终未能领略日出壮观,却也饱览了三清山云海的瑰丽和神秀莫测的变幻。那浓云和雾霭堆涌翻飞,时而是青灰色的幽暗,时而又是橙黄色的明丽,时而青烟如纱,时而白云如絮;眼看着霞光即将穿透云层,倏忽间又变成灰蒙蒙一片,而转眼之际,这灰蒙蒙的一片又被无边无际的白茫茫所取代;而那山的轮廓更是时而清晰时而模糊,时而又消逝得无影无踪。这景象弄得我如痴如醉,现在回想起来似乎还有点儿迷迷离离晕晕乎乎。

访　道

游三清山的第一天以登山观景为主,第二天则以观赏山中的那些道教遗址为主题。因为,它们几乎都散布在我们住宿的那个简易招待所附近的山山岙岙之中。

相对诸多宗教而言,道教恐怕是最讲究顺应自然,最为朴质的了。这在三清山的道教建筑中所表现出来的,就是那不事雕凿的朴拙和简约。

作为道教名山,三清山遗留下来的各种宫、观、殿、府、坊、台、墓、塔等道教遗址,有二百三十余处。据介绍,这些道教建筑是以三清宫为中心,按《八卦图》布局,体现着道家的宇宙观,阵势宏大,意蕴深远。此说自然不无道理,但相对我们这些普通游客的匆匆一游来讲,这当中的奥妙是很难观赏和体会的,也未免显得有几分玄虚。就我个人的体会,我倒是从这些道教建筑古拙随意的建筑风格中,感受到了道教文化的真谛和风骨。

这里的道教建筑清一色地全由石头构成，砌石为墙，垒石为屋，叠石为龛，刻石为图，就是各种佛像也是用整块的石头简单雕琢而成。形态厚重，结构简单，图像粗犷，风格古朴。没有丹陛瑶台，没有飞檐翘角，没有油漆重彩，也没有匾牌碑铭题额篆联，更没有钟磬鼓乐的虚张声势。

　　道教是中华大地土生土长的国粹，它植根于中华文化的土壤之中，以一种朴朴实实的面貌呈现在世人面前。三清山的道教遗迹，就是道教本色的充分显示，使我们体验到一份质朴的美、真实的美。

　　最具代表性的自然首推三清宫，这是道教人士向往之地。导游书说它"在地形、地势、风向、气候、阳光、水源等选择上都非常讲究"，还说它"背倚九龙山，门对北极紫微星，取其'常有观其皎，常无观其妙'的经义"。从我直观的感觉来讲，三清宫前筑有一长溜石阶，牌坊、焚纸亭、香炉、神龛、佛像等一应俱全，规制的完备充分显示其地位的至高无上。然而三清宫外表上没有任何修饰，黑瓦石墙，低矮简陋，甚至显得有点破败湫溢。据介绍，当地人把三清宫视若神灵宝殿，不准移拆修整。其目的大概就是为了保留这一份真实，这一份地道吧。对于看了太多的假古董、假文化的我来讲，流连在这浓郁的道教氛围和充满古趣的石雕建筑之中，那一份感受实在一言难尽，只能在心中暗暗地喝彩。

　　还有那座已有500多年历史的风雷古塔，由花岗岩琢成，七层六面，垂檐形。单纯从造型上看，与其说是塔，还不如说是一根石柱更为确切，构造既简单，形态也不高大，但因它临崖而立，也就有了气势，成了风景，渗透着道教动与静、虚与实、巧与拙、

藏与露的朴素辩证法。丰富了三清山的文化内涵,也为三清山的风光增添了一道独具特色的景观。

会　亲

三清山之行更令我难忘的,是那一份浓浓的乡亲情谊。将到之际,我曾下车问路,路旁那位正在绑扎一捆杉木条的中年农民扬起左手,指向岔路中较小的那条山道说:"喏,伊里(那里)。"

短短的一句话,却在我们的面包车中掀起一阵子不大不小的骚动,因为这是一句道道地地的龙游腔。于是,一场乡音的交流,使大家都获得一份"他乡遇故交"的快慰。

接下来的旅途中,乡音就一直陪伴着我们,为我们指路,为我们导游,为我们招呼食宿,而更多的还是那"君自故乡来,应知故乡事"的问询。

山脚的饭店里,服务员姑娘特意为我们端上一盘腌辣椒,作为龙游人的外孙女,她自然知道"外婆处"的饮食习惯。

在半山腰休息时,年迈的守山人和同行中的一位攀起"表表亲",喜得他一定要我们留饭留宿。

三清宫招待所的女经理是本地人,却也用一口纯正的龙游方言为我们指点风景,临分手时还一再谆谆相嘱:"第二回再来。"

三清山的风光是非凡的,奇峰怪石和云涛雾海相依相伴,古迹和秋色互衬互托,演化出一幅幅动态的、富有神韵的画面。充耳而来的乡音又引发出我的遐想和情思,令我进入情景交融的境界:陡峭直上的百步门、千步门,使我联想起1960年代初期,乡亲们怀着严重自然灾害的创伤,来到这里开荒创业的艰辛;并列相依的姐妹松,使我联想起德兴、龙游两县人民的情谊;植根于悬崖峭壁,以伞盖般的虬枝装点景色的黄山松,更使我联想起一种精神风范……

随处可遇的乡音,似乎缩短了时空的差距,使我忘却了自己是身在五百里外的异省他乡,也使我对三清山多了一份亲近,因为这里洒有我们龙游人的汗水,更因为三清山接纳了我的乡亲,认同了我的乡亲。

作于1991年,修订于2002年

小
溪
泛
尽
却
山
行

看 桥

　　我走的桥比你走的路还多，这是中国人倚老卖老的经典话语。我已到了可以说这句话的年龄，可是我不敢说，因为我去的地方不多，见识非常有限；何况现代工程技术高速发展，造一座跨海大桥，也如同搭积木似的要不了几年时间。

　　其实我还是很喜欢桥的，作为人类征服自然、改造自然的一种技术手段，那些大大小小的桥、各式各样的桥，都能给我们一种视觉上的愉悦和文化上的充实。我买过好几本关于桥的书，我也至今收藏着读初中时收集的那套《中国古建筑——桥》的邮票中的三张，并为至今尚未收集到那枚面值10分的"灌县珠浦桥"而深为遗憾。对于桥，我更为看重的是那一份"长虹卧波"的景观之美，那一份"夜半钟声到客船"的意境之美，那一份承载着历史烟云的厚重之美。

　　既然见识有限，那就看看我们龙游的桥吧。

　　我在湖镇的一个村庄生活多年，每一次进城，我都会在通驷桥头停下脚步,凝望这县城入城处的无限风光:古朴、静穆、疏朗、和谐。

灵山江蜿蜒而来,江水清浅,映着蓝天,映着白云。江面上,石桥横亘而立,古旧的桥身,连接着县城的东西,也连接起历史和当下,承载着岁月的烟云和历史的风雨。桥的对岸,是城墙几个残留的雉堞,还有那小城的巷陌屋瓦;上游的鸡鸣山,掩映着浓绿的一角,树木之巅,是鸡鸣塔凌虚而立的身姿,山脚下,鸡鸣堰飞溅着水花;桥的下游不远处,龙洲塔从陌巷中挣扎出半截身影,沿江两岸,古樟、丛木,蒹葭苍苍。

这样的画面,简直就是龙游的一个缩影,把龙游的历史、风光、文化等等特点,集中地体现和反映出来了。其美、其韵,就在于外在和内在的和谐统一。

"双桥明月"是龙游历史上的十二景之一,景观的主体就是通驷桥和文昌桥这两座石桥,至于明月,是人们主观感受的一种折射和寄托,看重的无非是那清风明月构成的朦胧意境和幽寂情调,而这恰恰是这一景观的灵魂所在。历史需要沉淀,美也需要沉淀,但是美不能复制。当你漫步在今天的龙洲公园,你将会发现,尽管一切都是精心布置,妥帖安排,但是,你却难以寻觅"双桥明月"的那一份神韵。

那么,我们不妨去乡下走走,去看看那些遗落在乡野之间的古老石桥吧。

神仙桥、贺羊桥、久安桥、东津桥、回龙桥……破败的桥身,斑驳的桥石,记载着它们的悠久和苍老。但是,它们的身躯依然伟岸,它们的建筑曲线依然圆融,枕着溪流,守着村庄,伴着老

小溪泛尽却山行

树,依然是夕阳下、秋风中的一首歌或一幅画。它们依然随着节令的变换,呈现出不同的色彩;依然随着晨昏、星月的转换,变幻着歌的旋律、画的基调。它们的故事,也依然伴随着冬夜的炭火、夏夜的萤火流传。

当你读懂了它们的美丽,便会感到不虚此行。

原载于中国文史出版社2016年10月版《风光名胜看龙游》

八塔立龙游

姑蔑旧地，太末故里，岁月悠悠，塔影悠悠……

八座古塔装点着龙游的原野河山，映着朝晖，沐着夕照，点染出几分诗情，几分画意。

它们或雄踞山巅，或兀立水滨，或崛起于平畴，或掩映于繁树。于是，仙霞岭的大山更为秀伟，灵山江的水流多了一份婉约，金衢盆地的视觉不再单调，北乡的黄土丘陵也变得秀丽多姿。

如果说岁月是一条流逝的河，那么，古塔就是历史的使者。它们讲述着岁月的故事，传达先人的期盼和失落、执着和无奈，以自身的存在，演绎着世道沧桑、人事沉浮。

由于它们的存在，前朝的文人雅士多了传世的清词丽句，瓜棚豆架之下，也有了说不完的故事传说。

由于它们的存在，人们多了一份感动、一份关爱。

八座古塔扎根龙游大地，也扎根在龙游人的心中。

舍 利 塔

陆游的诗句已不合时宜,赵抃的《九之碑》早已断成三截。白革湖的河道改了又改,塔下的小街,盛了又衰,衰了又盛……只有塔檐的风铃,从庆历四年一直悠扬到如今。而且,还将一直地悠扬下去。

鸡 鸣 塔

当清晨的第一缕曙光照上塔顶,新的一天就在龙游开始。有人说你是龙游的象征,这并非因了你的位置和身姿,而是由于感悟于你的名字。你的身边,已有了太多的高楼;你的脚下,那条铁路已退出历史的舞台;而你,依然在灵山江边兀立,守望着万家灯火、四季风光。

龙 洲 塔

曾经栖身陋巷,曾经掩于败壁,露出的一角峥嵘,却依然不失你的本色真容。没有哀怨,没有颓废,只有执着的坚守和等待。终于,迎来了龙洲公园的建成。于是,扬一扬头,抖落一身灰尘,站成一道应有的风景。

浮 杯 塔

四百年光阴荏苒而逝,不知万知县埋下的那只玉杯,是否依

然完好如初？虽然立足浅滩,却不失矗拔之态、昂首之姿。于
是,凤翔洲站了起来,看江流天际,看白帆远影。

湖 岩 塔

　　山不在高,有塔则灵;水不论深浅,有倒影就行。有山有水,
便成风景;塔影摇曳,便有了神韵。

沐 尘 塔

　　感谢你的痴情,一直以残缺之躯,支撑在南山深处。于是,
灵山江在你脚下起程,龙游的山水之美,源于你的坚定和沉毅。

横 山 塔

　　曾经,横山塔是一个家族的荣耀,塔身的每一块砖,都印有
他们的姓氏。曾经,横山塔是一个家族的希望,以其巍峨之姿,
彰显着众人的希冀和期盼。如今,横山塔是龙游北大门的地标,
昭示着龙游的地域特色和文化风貌。

刹 下 塔

　　山,未免低了点;水,未免浅了点;有这么一座塔这么一站,
也就站成了诗的格局、画的风韵。

曾经的灵山塔

尽管只剩下塔基的废墟,塔下、塔垄这样的地名,却印证着历史的存在,也印证着历史在人们心中的存在。不然的话,"十殿九塔"的故事,又如何去和现实对号入座?

原载于中国文史出版社2016年10月版《风光名胜看龙游》

回首沧桑

总长难逃冤狱灾

民国十一年（1922 年）11 月 18 日晚，当时的财政总长（财政部长）罗文干，突然被步兵统领衙门逮捕，关入北京地方检察厅牢中。罗的被捕是由"大总统"黎元洪直接下手令执行的，罪名是在和奥国订立借款合同时有纳贿行为，看来案情不轻。

其实那时的大总统只是一尊吃冷猪头肉的菩萨，真正操纵政局的是手握重兵的军阀，罗文干的被捕只是军阀政客们纵横捭阖争权夺利的牺牲品。当时以王宠惠为国务总理，包括罗文干在内的内阁，是由吴佩孚撑腰组成的，反对派便抓住财政部与奥国签订借款合同之机，由众议院议长吴景濂出面，向黎元洪告发罗文干受贿，以便打开缺口，达到"倒阁"并取而代之目的。

这大总统本来就是个摆设，装糊涂是黎元洪求得自保的惯用手段，现在既然有议长出面告发，黎也就老实不客气地下了逮

回首沧桑

捕令。但是按照当时的"宪法",国务院实行责任内阁制,大总统并无逮捕总长的权力,因此第二天,内阁各部总长便纷纷指责黎元洪滥用职权,要黎拿出"补救措施"。黎元洪正下不了台,偏偏吴佩孚又发来电报痛斥。见吴大帅发怒,黎更感招架不住,只得派总统府的几位大员出面,把罗文干请到总统府礼官处暂住,准备找台阶开释,以平息事态。

谁知正当罗文干释放在即时,吴佩孚的顶头上司、老帅曹锟又发来电报,要求组织特别法庭,审讯罗文干。老帅当然比大帅厉害,"大总统"胆气陡壮,就把罗文干再次关进地方检察厅牢中。于是内阁成员便全体辞职抗议,黎元洪也就乐得糊里糊涂地接受内阁辞呈,另行组阁了事。

罗文干是留学生出身的技术官僚,在当时北洋政府一班高官中,还算是能够洁身自好的。此君也颇有骨气,当年袁世凯准备做皇帝时,罗任总检察长,曾以内乱罪检举袁世凯,并愤而辞职。对于罗的罹罪,一些富有正义感的人士或出于对罗的同情,或出于对军阀统治的痛恨,纷纷挺身而出,仗义执言,为其鸣冤叫屈。如曾任司法总长的梁启超,就指斥当局"蹂躏人权"。时任北京大学校长的蔡元培,公开谴责吴景濂为人险恶,还发出《为罗文干遭非法逮捕案辞职呈》,决心辞去北大校长职务以示抗议。司法次长余绍宋公开声明,罗案是大总统、议长等人违法造成的,站在法制立场上为罗文干翻案。并由余的好友、曾办过《晨钟报》的刘崧生出任辩护律师,还表示不收辩护费。

特别法庭终未组织,地方检察厅于12月11日宣告证据不足,免予起诉。可是罗文干却直至 1924 年夏才获释出狱,堂堂财政总长就这样不明不白地坐了一年半牢狱,其间国务院内阁却走马灯似的换了三茬。北洋政府时期政治的黑暗,军阀政客视法纪为儿戏的行径于此可见一斑。

罗文干在狱中著有《狱中人语》一册,却也传颂一时。

原载于 1995 年 12 月 15 日《浙江法制报》

回首沧桑

吾宁以身任之

——有感于江景房沉籍

读《宋史·江景房传》，使人有一种悲壮感。

公元978年（宋太平兴国三年），吴越归宋，江景房作为吴越国的代表，负责押运图籍赋册送往汴京。过黄河时，他却把有关赋册悉数沉于波涛之中。为此，江景房差点被宋太宗砍了脑袋，经大臣竭力保奏，总算以贬为泗水县尉的降职处理了事。

原来，钱氏父子祖孙统治吴越之地八十六年，以东南一隅的十四州，应付中央王朝和周边各国，所以赋税特别繁重，连母鸡下蛋也要纳税。正如《咸淳临安志》所说，当时吴越国的百姓"于赋敛之毒，叫嚣呻吟者八十年"。而赵宋王朝对于新归附地的赋税，是一律按原先标准征收的。正是由于江景房的"沉籍"，使赵宋王朝失去了两浙赋税的依据，只得派人另行更定税赋，从每亩三斗改为每亩一斗。于是老百姓的负担减轻了三分之二，尝到了国家统一的甜头和实惠。

江景房是吴越归宋的重要参与者，早在宋乾德年间（963—

968），就曾伴随吴越王钱俶赴京朝拜，宋太祖为此授予他殿中侍御史之职。现在钱氏正式纳土称臣，正是大功告成之际，江景房却因"沉籍"而葬送了前程，在贬为泗水县尉不久便回老家浙江常山，"屏居田里以卒"。

纵观我国历史，固然不乏强项之令和死节之臣，但毕竟是少数；多的是随波逐流之辈和明哲保身之徒。像江景房这样为解除百姓苦难而不惜牺牲个人利益者，实在是太不容易了。江景房也不是不明白这样做的后果，所以在沉籍之际曾表示宁愿以自己个人来承担一切后果："吾宁以身任之！"因为这不是空泛的承诺和表态，所以便有了一种义无反顾的悲壮和凛然正气。而天下百姓需要的正是为官者这样的责任心和勇气！

江景房的可贵之处在于他敢为百姓的利益牺牲个人的利益，仅此一点，他名垂青史无愧。

原载于1997年3月12日《衢州日报》

回首沧桑

卢 灿 筑 堤

　　清初戏曲家李渔,曾撰文记叙当时龙游知县卢灿一件事。
说的是在龙游县城南灵山江西岸,有一引水渠,渠首在一次大水
中被冲毁。由于当时正是改朝换代之际,虽然士绅们多次商议
修筑,终因工费浩繁、民力维艰而难以动工。

　　康熙十六年(公元1677年),当地的百姓迎神赛会,戏台就搭
在渠首附近江边。卢灿知道这是战乱初平后第一次演戏娱神,
观看者肯定特别多,便事先准备了草鞋以及大量的木桩、草包、
土筐等物。正当大家看戏时,他却穿上草鞋,跳入急流中安置木
头桩,于是前来赛社聚观的老百姓个个跟从,或挑土筐,或扛草
包,"咸以争先为荣,稍后为辱,不半日而功成。"

　　李渔的这篇文章目的是歌颂卢灿的"德政",用今天的眼光
来审视,也不乏其现实意义,这实际上是一个工作方法和领导艺
术问题。若不是县太爷亲自下水,沾一身泥水率先示范,这么一
个不大不小的水利工程,别说是"不半日而功成",恐怕光召开各
种动员会、协调会,就得好几个半天了,更何况还有经费、劳动力

等一系列的具体难题。

这里也还有一个调查研究问题。尽管李渔的文章中未提及，我们也不难想象，卢知县事先对于工程的难易程度、土石方的多少、施工范围的地理环境，乃至当地民情风俗等，都是作过了解和测算的，不然的话，也不一定能奏效。比方说工程量很大，或者难度很强，或者场面逼仄拥挤等等，都将使卢知县的计划落空，其本人弄不好也要受"摆花架子"之讥。

当然，无论是以身作则还是调查研究，都是建立在责任心基础之上的，否则，一切都将无从谈起。像卢灿这样的地方官，在那个时代自然是凤毛麟角，因此使得李渔老夫子要为之撰文，歌颂其"功乃真功，德为实德"了。

卢灿，字孟辉，号维庵，清康熙十三年任龙游知县，三年后因未能完成应上交的钱粮而去职。李渔的这篇文章题目为《龙丘邑宰卢公异政纪略》，载《笠翁文集》。

原载于1998年6月10日《衢州日报》

回首沧桑

仙霞险　衢江长

　　位于钱塘江上游的衢州,之所以被称为通衢要道和军事重镇,关键就在于仙霞关和衢江。自从唐末黄巢大军在仙霞山脉的崇山峻岭中劈山筑路,仙霞关就成了东南交通孔道的必经之地和必守之险。而衢江则为进出仙霞古道的军伍和商旅提供了直达杭州的水上运输之便利。在水运年代,这两者之间的配套衔接自然是一种最佳组合,于是乎历史上的战争风云也就在这一背景下展开。远的不说,就是1924年那场军阀混战史上颇有分量的"苏浙战争",也与此相关,甚至可以说是决定战争胜负的一个重要因素。

　　苏浙战争双方的统帅,分别是当时的江苏督军齐燮元和浙江督军卢永祥,因此又称"齐卢之战"。表面上看,战争双方的目的是为了争夺上海的地盘和赋税之利,实际上是当时直系和皖系两大军阀派系之间利害冲突的一个爆发点,因为齐卢两人正分属直、皖两系。

　　战争的导火索是为了争夺上海的统治权,战争的重心也在苏浙沪交界的湖州、宜兴、松江一带。决定胜败的原因自然很多,但决定性的因素却是远在近千里之外的闽浙交界之地的仙霞关一线。

战争之初,卢永祥头脑甚为清醒,在陈兵浙北苏南的同时,并未疏忽对自古兵家必争之地的仙霞关一线的防务,在衢州和江山一带布置了号称"老虎兵"的浙军第一、第二师的主力,以防不测。待到齐、卢双方战火既开,一时相持不下之际,为了增加生力军,卢永祥一时失策,把驻防仙霞岭一带的精锐夏兆麟旅调往嘉兴,令其攻击江苏方面。谁知就在这个当儿,时任闽粤边防督办的直系军阀孙传芳突然带兵进攻仙霞关。孙传芳觊觎浙江已久,齐、卢之战正好为他提供了坐收渔人之利良机,眼见得仙霞关防守空虚,便带兵突破关隘并在廿八都一带布阵备战。守军失去了仙霞之险,只得在江山城南旷野上掘壕防守。

9月13日,两军决战,孙军探得浙军左翼兵力单薄,只用两团兵力牵制住守军的中锋和右翼,却用两个旅还多的军队全力压迫守军左翼,激战一天,守军兵力已不足一连,而援兵不至,孙军遂占领了浙军左翼阵地,并向中锋后面包抄。正在紧要关头,早已被孙军收买的浙军炮兵团长潘国威阵前叛乱,亲自操炮瞄准浙军前线连发两炮,浙军本已不支,见炮弹是从自己后面来的,知道已有内变,立时失了斗志,终于全线溃败。孙军乘胜追击,大兵从衢江水道乘势而下,直抵杭州,在杭州顾不上停留,10月12日就到了松江前线。这时的卢永祥见腹背受敌大势已去,第二天就悄悄地带了几个亲信,乘日本邮船赴日本避难去了。

苏浙之战历时四十天,结果卢永祥战败出走,江苏的齐燮元

回首沧桑

也未得好处,自己的后方被乘势而入的奉系军阀张宗昌的部队钻了空子,不久也步了卢永祥的后尘。孙传芳倒是收了渔人之利,浙江成了孙传芳的地盘,直至1927年才被北伐军战败。有趣的是,当北伐大军直逼仙霞关之际,守军又一次演出了阵前反戈的喜剧,当然,这一次是轮到当上"五省联军司令"的孙传芳哀叹"大势已去"了。

也难怪人民要把这些战争称之为"军阀混战"了。

原载于1998年《衢州日报》

无远弗届,遍地龙游

遥远的地方有一条江

衢江,从仙霞岭的大山深处发源而出,广纳百川东入钱塘。江流的冲击沃灌,便有了金衢盆地的数百里沃野和山川大地的无限风光。

衢江,在历史的长河中奔流,穿越万古洪荒,历经百世风雨,孕育了独具辉煌的地域文化和历史文明,也孕育出了以衢州为中心的一府五县的政区格局。先民们歌哭于斯,劳作于斯,一个被人们称作"龙游商帮"的群体在衢江流域崛起,他们以龙游商人为中坚,集合了整个衢州的商界精英,以自身的实力和业绩与晋商、苏商、闽商、徽商等地域性大商帮一起纵横驰骋,并驾齐驱,跻身中国十大商帮之列,享誉当时的商坛。于是,山河增色,史册添辉,外部世界对衢江流域的关注有了焦点,衢江的涟漪和清波也增添了新的内涵和风采。

　　金衢盆地位于浙西一隅,仙霞岭横亘盆地南缘,千里岗逶迤于盆地北边,正有把盆地圈牢的架势。还好有这么一条衢江,在盆地从中间穿过,盆地才有了流动的活力,盆地和外部世界的联系,才有了通道和途径。

　　于是,那些赴任的官员来了,坐着气派的官船,拥着或多或少的仪仗,志得意满的,满船欢声;落拓失意的,一江皆愁。

　　那些落难的巨家望族来了,带着旅途的疲惫,带着丧家的凄惶,也带着东山再起的企盼。他们一路船行,一路挑选安身之处,一路撒播来自中原大地的先进文化。

　　那些读破万卷书,跋涉了万里路的文人学士也来了,驾一叶扁舟,远山、近水、塔影、岸柳,满眼的锦山秀水,满腹的锦词华章。在衢州的文化积淀中就有了白居易"浮石潭边停五马,望涛楼上得双鱼"的佳句,曾几《三衢道中》的诗作和明朝王守仁"颠危知往事、漂泊长诗才"的感叹。

　　衢州的俊彦才士们也受着外面世界的吸引,顺流而下,走出了盆地。在衢州的史册上就有了江景房投籍沉江,正气感人的故事;赵清献一琴一鹤,该多潇洒有多潇洒的佳话;刘章高中状元,实现了衢州科甲状元零的突破的光彩;余端礼被誉为南渡名宰,名满天下的自豪。他们为家乡争了光,替家乡人长了脸,也为故乡的人们壮了胆。

　　于是,细家小民中的胆大者也把目光投向了仙霞岭和千里岗以外的广阔天地。他们的船只未免简陋,他们的货物土里土气,他们的口音和行为举止难免令人可笑,然而,他们的货船终于驶出了金衢盆地,融合在精彩的外部世界之中了。于是,龙游商帮的历史,开始揭开序幕,龙游商帮的辉煌,写下了重重的第一笔。

四省通衢商路长

衢江上的商船愈来愈多。

但是,船舱里的货物却依然单调。无非是仙霞岭大山深处出产的毛竹、木材、薪炭、药材,衢江两岸小平原出产的大米、芝麻、花生,衢江北部黄土丘陵丛中出产的生猪、莲子、青油以及白蜡……这些东西的出产远大于本地人的基本需求,唯有外销才不至于暴殄天物。这些东西又恰恰为盆地外部的人们所需要,那是一个非常广阔的世界,驶出衢江的商船一旦溶入外部世界,便成了杯水车薪。有需要就会有供应,一条以衢江水运为主的商路就此打开。

交换和商业的兴起,促进了商路的开通;一条便捷通畅的商路,又保证着贸易的顺利进行,促进着商业的进一步繁盛。号称四省通衢、五路总途的衢江,便是这么一条经商贸易的黄金通道。如果没有衢江,处地偏僻的衢州将被遗弃在历史的角落,如果没有衢江,龙游商帮的崛起就失去了依凭和基本条件,如果没有衢江,也就不会有"无远弗届,遍地龙游"的声誉鹊起。

对于衢州的地理形势,古人曾作过这样的概括:"衢为浙上游,居广川大谷之间。南际瓯闽,北抵歙睦,诸县之水,会于城下,达于浙江以入于海。而峻山叠峰呈奇献秀,拱抱回合,形势之胜甲于旁郡。"在自然经济的条件下,商路的长短是决定一个地区商业规模和繁盛程度的重要条件,金衢盆地仅靠一条衢江的"达于浙江以入于海"是远不够的,衢州的有利条件在于,它还有"南际瓯闽,北抵歙睦"的区位优势。仙霞岭其实就是浙、闽、

回首沧桑

赣、皖四省的分水岭,千里岗则是浙皖二省的交界线。虽然这里大山丛叠,只要有人去攀登去行走,也便有了路。衢州的四省通衢也罢,五路总头也罢;龙游的东连严睦、西引信闽也罢,水陆辐辏也罢,原因就在于有了以衢江为纽带的交通网络,串联起大大小小的溪流河道,连结着条条大道山路,疏通着、伸展着一条日渐粗壮日益活跃的商脉。

南宋定都杭州以后,为了方便和长江沿岸抗金前线的联系,修建了东起当时的京城临安,西接湘赣的官道。这条"江右孔道"在龙游和寿昌交界的梅岭关入龙游境,最后通过衢县、常山县交界的千里岗低谷到遂安县的白马,转新安江水路入皖。为便于旅行,官道上以条形青砖呈"人"字形铺嵌,据说当时每隔五里路筑一座砖窑,就地烧砖供铺路之需,这情景现在想象起来是很壮观的。这条官道后来成了徽商入衢的主要路线。而官道和衢江之间,则由一条名为塔石溪的支流相连。

上塘岭是龙游历史上一条重要的商路,龙南山区出产的竹浆纸,往南运输走的就只有上塘岭这条山路,由于山路险峻,只能靠人工肩挑,至松阳或遂昌县的金岸,再循水道达温州,谓之"挑松阳担"。当时走这一路的生意人都组织有自己的挑夫队伍,去时是竹浆纸、大米等物,归来则是龙泉出产的青瓷碗及松阳一带出产的"松阳烟"。这条山道则由灵山江和衢江相连接。

路是人走出来的,商脉是靠商人开拓的。

吃螃蟹需要勇气,螃蟹的滋味却颇耐咀嚼。最早走出盆地的人在口袋渐渐饱满的同时,视野开阔了,心态开放了,脑子活络了,影响力也日复一日地扩大,日复一日地增强。衢江也就变得热闹了,船帆片片,吸引着人们歆羡的目光;号子声声,搅起满江涟漪。

出场的锣鼓已经敲响，当衢江流经唐朝、宋朝、元朝而终于流进明朝的时候，一个以龙游商人为中心，带动着整个衢州地区商人们的地域性商业团体在衢江流域响亮登场，他们在金衢盆地中崛起，逐鹿中原，远征边关，漂洋出海，以"遍地龙游"的气势和手笔被人们称为龙游商帮。这时候的龙游，做生意的人已到了"农贾相半"的程度，可说是全民经商了。

一个个的新码头在江边出现，沿着衢江出现了不少冠以"埠"字的地名，华埠、潭石埠、定埠、张家埠、洋埠、罗埠……它们承担起货物集聚中转、商旅停靠歇宿的功能，既得天时，更得地利，成为衢江流域一串明珠，繁忙、热闹、富庶。

在离龙游县城五里路的衢江边，有一个名叫驿前的码头，这是龙游最大的码头，自有一番水陆辐辏、百物汇聚的闹热和兴旺，历史上也一直是官府驿站所在地。与驿前隔江相望的，则是茶圩镇。茶圩地临衢江，从北乡腹地流出的塔石溪正在此与衢江交汇，于是龙游北乡的商人们便以这里作为运输口岸，历史上的茶圩便因此渐成繁盛的市镇，北乡的出产从这里运销钱塘江沿岸各埠；北乡人所需的各种日用百货也以此为口岸转运。一座平政浮桥把这两个码头紧紧地联结在一起，构成龙游的门户和商贸运输中心。衢江西来东去，沟通着与外部世界的联系；灵山江自南而来，紧傍着驿前东侧注入衢江，带来了县南山区的竹木薪炭及竹纸、药材等山货；塔石溪自北南来，在茶圩的东南汇入衢江，带来了产于北乡腹地的稻米、油蜡、莲子、生猪等农副产品。与地理特点相适应，驿前码头以山货为大宗，茶圩码头则以稻米为大宗。

这两个码头是龙游县的交通中心，在整个东南沿海的交通

网络中,这里也占有重要地位,明朝《新刻士商要览·天下水陆行程图》中就载有以这里为中转点的由衢州至建宁、由杭州至福州、由处州至衢州的3条通商要道。

经济的繁盛引发了相应的消费与作乐,在这一带水面上长期活跃着载有船妓的"茭白船",使这古老码头有了几分脂粉和笙歌管乐的雅韵。蔡东藩先生所著《民国通俗演义》中,就有1924年苏浙战争期间,"北佬"旅长夏兆麟在此"替钱江上游留点风流趣史"的记载。一位长期在驿前做香烟生意的日本人,也曾以打造一艘全新茭白船的代价,拥有了一位艺貌皆佳的"茭白姝"。

守望者的哀怨之歌

这里是龙游商人出去闯世界的起点。他们从北乡的黄土丘陵中走来,自有一番"爷娘妻子走相送"的凄惨和悲哀。但大家并没有来得及过多地咀嚼这一份离愁别恨,远行人的身影便已"孤帆远影碧空尽",留下的便是那无穷无尽的思念和发财回乡的希望与期待。

他们从总体上来讲已完成了原始积累,所以他们的船舱中已不再仅仅是那些大米木材之类的剩余土产,而是已经具备了"商品"基本特征的货物和产品,像衢州城里书商们刻印的书籍,龙游山区的纸槽里生产出来的竹浆纸等。

路越走越多,愈走愈长,愈走愈宽,生意也越做越大。由于实力的不断增加,人们对家乡的依赖削弱了,就如同翅膀长硬了的小鸟,远走高飞。"无远弗届"成了他们的最大特点,"遍地龙游"的赞叹传遍五湖四海。

龙游商帮在商业活动中的一个重要特点就是不辞艰辛,不怕路途遥远。他们的足迹遍及全国各地,直至海外的日本、吕宋等国。如在明嘉靖朝的倭寇之患中,就发现通倭的海商中有龙游商人。另据《皇明条法事类纂》卷十二记载,曾有龙游商帮及江西安福地方商人三五万人在云南姚安(今云南楚雄彝族自治州西部)一带经商垦荒。这些商人大量出现在这中印缅交界的边疆地区,势必给当地的治安带来麻烦,引发各种冲突,因此引起明朝中央政府的重视,多次发文浙江、江西的地方政府,要求遣返这批流徙云南边疆地区的商人。又如龙游桐冈坞村的童巨川和童洋,生意一直做到当时北方的军事前线大同、宣化一带。所以在一些古籍中,多有"挟资以出,守为恒业,即秦晋滇蜀万里视若比邻。""龙丘之民,往往糊口于四方。""龙游之民,多向天涯海角,远行商贾。"一类的记载。这里提及的"守为恒业",意思就是长期在外经商了。在国门被迫打开前的数千年里,人们不愿背井离乡,乐于守着自己家门口的土地自给自足,除赴京赶考的读书人外,出趟远门不是因为逃难,就是因为犯事。即使已下定决心,在当时的环境和条件下外出经商可不是轻松的事,山高路远,风险甚多;涉江渡水,艰苦备尝。而且还容易遭受疾病、强盗、自然灾害等的侵袭,是有相当的悲壮色彩的,甚至也有因此而失去生命回不了家的。

龙游商人无远弗届外出经商,顾不上留恋乡土和儿女情长。外有旷夫,自然内有怨女。那些留在家中望眼欲穿的商人妇要承担起沉重的生活负担,侍奉父母,扶养孩子,田地不能荒芜,生活尚需维护,各种天灾人祸都得靠一双女人的弱肩来承担。而精神上的那一份孤苦寂寞更是无处诉说。于是,在冷清的闺房深处,在望眼欲穿的路头渡口,在无助的田头陌上,响起了这些守望者们充满哀怨的歌声,歌声伴着孤灯,伴着泪水和汗水,伴着那秋夜的阵阵捣衣声如数如泣,一首题为《丈夫出门十八年》的民歌,在龙游城乡广为传唱,流传了一代又一代,不绝如缕:

哭公鸟,叫连连,

丈夫出门十八年。

没儿没女真可怜,

三寸金莲下烂田。

两石田种到大溪沿,

两石田种到山边沿。

大水冲来冲着奴格田,

日头晒来又晒着奴格田。

种起稻来青艳艳,

生出谷来两头尖。

春起米来白鲜鲜,

磨粉做馃光圆圆。

猪油包,菜油煎,

想想没儿没女吃个添。

这实在是一首相当不错的民歌,语言朴实形象,风格凄绝哀怨,地方色彩又非常浓郁,把商人妇那种生活上的孤独无援和精神上的落寞无奈刻画得非常传神。特别是最后那句"想想没儿没女吃个添"，犹如一声沉重的叹息，那一份况味，绝不是仅用一句"商人重利轻别离"就能打发的。从中也不难想象，那些勇敢的先行者们在辞别亲人毅然上路之际，承载着的是何等沉重的心理压力和精神负担！

对于那些远行的商人来说，在他们的现实生活中，衢州已离他们越来越远；但在他们的心灵深处，对衢江的怀念却愈来愈深。当他们借酒浇愁之际，当他们望着窗外的明月转辗难眠之际，萦绕心头的，无不是那衢江的清波；在他们的思乡梦中，在白发苍苍的老母背后，依然是那一江流动的清波；衢江，就如同一条长长的线，牵拽着这些天涯游子的心。

斗智斗勇竞风流

茫茫商海竞风流。商场如战场，不仅斗勇，更要斗智。在这方面，龙游商帮有不俗的表现。

> 朱世荣，韦塘村人。年二十好博，其父逐之，流寓常州，至巨富，置产亘常州三县之半。后归里，复大置产，当时以为财雄衢、常二郡。（民国《龙游县志》）

朱世荣可说是成功者中的一位代表人物。少年时的朱世荣其实是个浪子，因为好赌，被父亲赶出家门。对于他的经商活动，原始资料中没有记载，但"流寓"两字中，多少还是透露一些信息。也许他在被赶出家门后经商去了常州，起初的商业活动也许并不成功。或者他是替外出经商的同乡或亲朋当伙计,似乎也未被信任和重用。最终靠赌徒的冒险精神和果敢作风再加上一定的从商经验,才获得了成功,成为常州的一大富翁,资产占了常州府及所属三个县的一半。回到家乡后,他又在家乡进行商业活动,成了常州、衢州两府的首富。朱世荣的形象我们并不陌生,在"改革开放"初期,那些首先走上致富道路的人中,就很有一些朱世荣式的人物。

> 胡贸,龙游人,父兄故书贾。贸少,乏资不能贾,而以善锥书,往来贾书肆士人家。(明·唐顺之《荆川先生文集》)

胡贸缺少经商资本,就靠给书店(贾书肆)和读书人(士人)刻书(锥书)积累资金。值得指出的是,他的父兄都是书商,但他依然凭借自身的努力白手起家,进行资本的原始积累。

> 龙游余氏开书肆于娄,刊读本四书字画无讹,远近购买。是时吾州学究金绩泉号雪泉主其家,实校雠之。(民国《太仓州志》)

余氏书店的经营之道在于引进人才,他聘请当地的一位学者负责所印书籍的校勘,严把质量关,因而使这家由龙游余姓老板设在江苏娄县的书店"远近购买"了。

> 龙游商贾其所贾多明珠、翠羽、宝石、猫睛类轻软物。千金之货,只一身自携京师。败絮、僧鞋、滥缕、假痈、巨疽、

膏药内皆宝珠所藏,人无知者。(明·王士性《广志绎》)

珠宝是龙游商帮的主要商品,那些珠宝商们只身一人要把价值千金的珠宝带到京城去,当然要动点脑筋,把自己打扮成破衣烂衫,浑身长着痈疽的叫化子,不失为好主意。

> 其(童洋)往大同宣府也,去则精金珠玉,来则盐引茶封,动有巨万之资,皆卷束于怀袖,舟车鞍马之上萧然若贫旅而无慢藏之诲。是以履险若夷,居积致富,侔若陶朱。性儒雅,所游者皆士大夫。(《桐冈童氏宗谱》)

这位童洋可谓龙游珠宝商的代表人物,而且他还涉足于当时由官方控制专卖的食盐和茶叶。尽管动辄巨万,生意做得很大,但很善于伪装,不露声色,有智有勇,履险若平地。

> 李十二汝衡者,越之龙游人也。自其父鹤汀贾江陵,迄今人与年盖两世矣。父子饶心计,趋时而不失黍累……穷四方之珍异,挽舟转毂以百数,所冠带衣履,遍楚之十五郡,而善与时低昂,人或就之赊货无所靳,亦不责子钱,久乃或负之,遂不复言。楚人慕其谊,争交欢汝衡。汝衡雅好客,置酒高会,佐以声伎之乐,其门填嗑,诸同贾者莫敢望。(明·李维桢《赠李汝衡序》)

李家父子的经营特点是顺应市场需求(趋时),以薄利积累资金(黍累),把握时机调整价格(与时低昂),同时以赊账形式开

回首沧桑

辟市场(赏货无所靳)。而且注重人际关系,欠账者不收利息(子钱),久欠不还也不去催讨(遂不复言),以宴会来酬应各方人士。他们的经商规模和气魄胸怀可与当今的大商家媲美,其公关手段的高明也令人敬佩。

> 童富晓夜经营为书贾,往来闽粤吴中贸迁有无。所获之息可给数口,故产虽微而家不乏。及有子克家,更傥舍上海,大肆铺张多财善贾,遂致殷富。(《桐冈童氏宗谱》)

这可说是一部父子二人的发家史。作为书商,父亲进行的是原始积累,经营手段是以不同地域之间"贸迁有无"为主。而到了儿子手上时,则以立足大城市大规模经营为主,终于成为殷富之家。

以诚取信赢声誉

重质量和守信用历来是商业活动中的生存之道、发展之本。龙游商帮深明此中真谛,把信誉当作生命,寓托了诚信的职业道德。对那些搞假冒伪劣、短斤缺两、以次充好的陋规弊习嗤之以鼻,而且在那个时期,通过自身的商业实践树立起了"品牌意识",这是难能可贵的。

龙游的竹浆纸闻名全国,其中的南屏纸每年出口十几万担,远销山东、河南、天津、北平、营口等地。北方喜欢用南屏纸裱糊窗壁,所以销量很大。花笺纸,主要用于祭祀焚化。元书纸,是当时的文化用纸,写信、记账、机关公文、学生习字都用它。龙游元书纸一直被视为佳品。

在龙游竹浆纸的生产中,每条纸槽的产品都要打上自己的纸印,这纸印也就成了各纸槽的招牌。旧时龙游几百个纸印中,傅立宗是首屈一指的名牌。傅立宗纸品纸张既薄又匀,白净,挺韧,同样一件纸,张数、刀数、长阔尺寸相同,重量却要比别人轻10来斤,故而畅销大江南北,被客商视为抢手货。傅立宗的老板傅家来是当时的造纸大户,由于牌子硬,销路好,各地纸槽也纷纷用傅立宗的纸印。为区别真伪,傅家来儿子傅汉机又在自己的纸印上加"西山"两字,成为"西山傅立宗",傅家来兄弟傅家谟在自己的纸印上加一"行"字,成为"行傅立宗"。"西山傅立宗"只限于傅汉机兄弟及直系亲属使用,别人不敢冒名,而在后来的竞争中,傅家所产土纸中,又以"西山友记傅立宗"为头魁。

各种商标的使用在杜绝了假冒伪劣现象的同时,对各商家自身也起了自我监督的作用,促使大家诚信经商,以质取胜。

在以银圆为货币的时代,人们曾饱受假银圆之苦。但当时的龙游人就没有这方面的烦恼,因为他们有"姜益大"为大家保驾。当时的姜益大棉布店专门设有验收银圆的柜台,由三名店员负责,经验收的银圆凡是真货,便在银圆上打"姜益大"钢印,人们便可一百个放心地大胆使用,在市面上决不会遭遇麻烦事。小小一颗"姜益大"钢印,竟有如此的威信和影响力,除了验收银圆的伙计技术过硬,有一双善于辨别真伪的火眼金睛外,更重要的原因就是"姜益大"的信用度得到人们的认同。对于"姜益大"来讲,信用不仅仅是一句口号,一种标榜,更是一种在商业活动中人们认可的理念。

姜益大棉布店创建于清同治六年,是龙游一家著名的百年老店。他们不搞什么"漫天要价,就地还钱",而是坚持"货不二价"的经营方式;他们不搞店大欺客,也不搞因人论价,而是以童叟无欺相自律。"姜益大"的当家人以诚信来奠定自己的商业人格,在这方面有这么一个故事,在龙游流传甚广。

有一次"姜益大"从海宁一个布庄购进三百筒"石门布",价值达六万。当这批布从杭州水运至龙游官驿前码头时,被抢劫一空。由于这批货"姜益大"尚未验收,不必承担任何责任,想不到姜益大棉布店的店主却谢绝赔偿,还取出六万元的银票交给对方派来商谈赔偿事项的推销人,表示再购买石门布三百筒。推销员把这消息带回海宁,布庄主人感激之余,表示今后必将全力扶持"姜益大",以报其恩。不多日,海宁布庄的三百筒石门布及其他一批新产品由推销员押送运抵龙游。石门布和那些新产品都是当时的抢手货,十分好销,而对方认准这类货在龙游只由"姜益大"独家经营,有心扶持姜益大,使之获取最大的收益。

诚信是双赢之道,因而也是成功之道。正是龙游商帮的先人在看似失去眼前的利益时,坚持诚信,树立了良好的商业信誉,才促进了龙游的经济发展,使这一商帮群体能迅速崛起,并跻身于十大商帮之列。

商脉文脉相辉映

童珮是龙游商帮中颇有知名度的人物。顾志兴在其所著《浙江的藏书家藏书楼》一书中写道:"龙游的童珮不仅藏书,还刻书,在浙江藏书史和出版史上都应有一定的地位。"吴晗的《两浙藏书家史略》一书中,也有关于童珮的记载。

书商兼藏书家的童珮集商人与文人于一身,是龙游商人中典型的儒商。他生于明嘉靖二年(公元1523年),卒于万历四年(公元1576年),龙游北乡童岗坞村人。童氏家族在此聚族而居,家族中出过不少商人。童珮少年时随父贩书于苏州、杭州及常州、无锡等地,后来便继承了父业,贩书为生。他还自己编书刻书,辑成徐安贞、杨炯等乡邦文化名人的文集,刻印出售。因长于鉴定字画古玩,受到士大夫的器重,宗室恭靖王欲留他在王府中,专门替他们收购和鉴定字画书籍。

童珮又喜欢藏书,遇到善本便藏之不售,存书达万卷以上,成为一时的藏书名家。学者胡应麟见过他的书目后,禁不住写下"所胪列经史文集皆犁然会心,令人手舞足蹈"的赞语。

童珮最大的兴趣还在于学问的追求。少年随父贩书时,他就"手一帙坐船间,日夜不辍"。还专程去昆山,向著名学者归有光请教求学。与当时的名家王世贞、王士性、胡应麟等都有很深的交情,常有诗文唱和往来。所著《童子鸣集》为《四库全书》存目。虽是商人,他却清高自守,当他看穿恭靖王企图利用自己,便不辞而别。

综览童珮一生,他以一个平民百姓的书贩身份,却能成为颇有影响的藏书家,并以文名为士林所重,在他的那个时代来讲实属不易。他从商人中脱胎而出,以文人身份和读书人交往酬酢,他的商业活动也就有了一般书商所难以具备的便利条件,如此互为因果,就使他进入亦商业儒,以商养儒,以儒促商的良性循环。这对现今从事商业活动的人们来讲,很有一些有益的启

回首沧桑

迪。对于如何在逆境中发愤,如何保持独立的人格和清白的操守,如何以真性情来待人待事,对我们现今的人来讲,也很有一些值得深思之处。

龙游籍退休官员余镜波一家数代书画传家,培养出了余绍宋这样的一代文化名人。同时,余氏家族又能发扬龙游商帮的传统,摈弃当时士大夫阶层鄙视商业羞于言利的成见,创办滋福堂中药店,并经数代人的努力,以市场法则办事,使滋福堂药店不断发展兴旺。其经营业绩,与具有可贵的商业道德及家族总体的良好素质修养分不开。

滋福堂中药店1883年(清光绪九年)创办于龙游县城。创办人是余绍宋的曾祖父余镜波。当时龙游城乡有些药店用药不地道,人们多有怨言。余镜波曾在广东省的番禺、潮州、连州等地任官40年,家乡一些去广东采购药材的行商及中药店采办人员有事总去找他帮忙,有的也以其府衙为落脚点。接触多了,也就熟悉家乡中药业的情况,便决心在家乡开设中药店。投资银圆1000元,1883年秋正式开业,是年余镜波76岁。镜波公谢世,药店归其子余福溥所有,1895年余福溥去世,滋福堂归其儿子兄弟7人共有。由于责权利关系不够分明,兄弟中有人常去药店随便取款使用,滋福堂因此亏损。1919年余福溥孙子余绍勤(余绍宋胞弟)为维持祖业,出现金将药店股份买下,独家经营,药店再现兴旺景象。但终因资金不足,多有力不从心之处。为此,1922年余绍宋出资银圆1000元,由兄弟俩合股经营,经过一番整顿,滋福堂跃居县内中药业首位。

余绍勤尤其重视创造品牌。滋福堂当时有自产中药制剂数十种,因用料真,加工精细,配方合理而受到欢迎。不但邻近的店家和行商纷纷前来批发采购，其中的拳头产品产母药、风痛灵、还睛丸等还远销省外。为了保证药品质量，当时店里还自己养鹿取茸。余绍勤对职工的要求是很严格的，每个人都有明确的职责；但他对职工也是关心的，老职工因丧失劳动能力离店后，店里仍然按月汇寄钱款，使他们能安度晚年。职工们心存感激，自然能自觉维护药店利益和信誉，秉承东家的办店宗旨，在质量和服务上下功夫。

滋福堂中药店使余氏家族留下了一段书香药香共芬芳的佳话。他们将儒道逐渐渗透进商业活动的各个环节，经营素质与价值观念发生了深刻的变化，并促进了商业活动。龙游的崇文兴教的风气，造就龙游商人中诸多亦商亦儒者，为龙游商帮增添了一笔浓浓的文化色彩。

开放迎商拓市场

作为一条商道，衢江的门户是开放的，商脉的继承和壮大，也需要不断地补充新生力量，吸收新鲜血液。衢江在不断向外输送自己子弟的同时，接纳着来自四面八方的客商。

林家的林琼茂、祥茂、品茂兄弟来了。他们来自福建上杭县，越过仙霞关然后顺衢江东下，在龙游的驿前转向南行，溯灵山江而上，最后在大山深处的上塘村落脚，专事竹浆纸的生产和经销，成为当地首屈一指的槽主和纸商。到清咸丰、同治年间时，其后代林巨伦已成为拥资巨万的一方富商。于是在村里建造起林氏宗祠，撰修林氏家谱。同时，广散家资修桥铺路，仅林巨伦一人，就出资造桥五座，其中的竹溪桥远在离上塘近百里的

湖镇一带,高2丈5尺,长15丈,阔1丈6尺。

姜德明来了。他从安徽绩溪出发,一路船行,从新安江转兰江,又从兰江转衢江,最终在龙游县城定居,开办了后来声名远播的姜益大棉布店,成了这百年老店的开山之祖。

徽商大腕程廷柱率四个弟弟也来了。程廷柱在龙游经办典当业,几个弟弟则分别在兰溪、杭州、汉口等地经商,在程廷柱的总理下,成为金衢两府的大富豪。

傅元龙,字心田,号午楼,生活于清朝末年。先世居福建汀州,其父因经营纸业,始迁至龙游溪口定居。元龙因承父业,不能专心求学,但也未尝废读,著有《雪香斋稿》一卷。平生对地方公益事业颇能尽力,建风梧书院,修通驷桥等出力不少。

也有更多的江西人翻越"十八跳"进入衢州,其中不少身怀抄纸绝技,成为龙游南乡纸槽的经营者。抚州人周学锦则于康熙年间来龙游经商,后定居于与茶圩相邻的凤基坤村。

也有不少的宁波人来龙游开设栈号,专门从事当地产品的收购和外销,时间一久,也就自然而然地融入龙游商帮中了。

外来的商人们有不少是因血缘关系的维系而共同进入龙游的,也有不少是因同乡的关系而互相投奔先后进来的,创业之初,难免要以血缘、地缘关系为纽带而形成各自的小团体。从本质上讲,商帮是有排他性的,但龙游商帮的商人们却以宽容的心态容纳了这些外来者,吸收了这些外来者,取长补短互相融化融合,在血缘上他们相互通婚,在地缘上他们不分土著和客居,都成了龙游商帮中的成员。有容乃大,是龙游商帮得以形成和发展壮大的重要原因之一。

成亦萧何败亦萧何

"遍地龙游"的历史毕竟是短暂的,历史上的辉煌最终还是在历史上消失了。

被誉为"千古之谜"的龙游石窟地下建筑群自1998年横空出世以来,受到广泛的关注,各方专家从各自专业角度对它进行研究,被归纳为"八大谜团"和"九大假设"。其中关于龙游石窟用途是"矿寇所居"的假设,就和龙游商帮有着联系。

关于矿寇,历史资料比较丰富。如在龙游庙下乡八角殿村,至今还立有明嘉靖年间的一块《禁矿碑》,上面就载明"今后敢有潜入挖掘者,许经过地方保甲人等拿解;如人众,即报官发兵追剿;若容隐接济者,地方保甲人等照军法一体重究不恕"。在顾炎武《天下郡国利病书》中,更记载有在明嘉靖四十一年(公元1562年),一位名叫祝十八的龙游人,率领数百之众,从江山经玉山程村前往福建蒲城,强行赴平洋开采铜矿的事。

其实对于矿寇的这一个"寇"字,我们并不能简单地理解为盗寇、寇匪。就如同历史上不少所谓"海盗"其实就是海商的道理一样,这里的"矿寇"其实就是不顾政府禁令而强行开矿之人,像祝十八这样的首领,往往既是这一行动的组织者,也是这一行动的投资者。因为开矿的利润是很大的,而开矿的投资更是巨大。利润大,就有人会去冒这个风险;投资大,其首领就非富商莫属,那些官宦人家虽然有钱,却无论如何也不会在这种地方投资的。龙游的商人们敢于投资开矿,敢于出海贸易,敢于去边境地区垦荒,其眼光就已高人一筹,其勇气更令人敬佩。

在我国历史上，封建专制者往往欢喜用"禁"的方式来处理官民之间的经济利益关系，如禁海、禁矿、禁盐、禁铸钱等等。而西方国家即使在专制时代，就已经懂得用一些经济的手段来处理政府和民间的利益分配。这当中的差别，恐怕就是造成中国社会长期停滞不前的原因之一，也是造成龙游商帮最终走向衰落的原因之一。

衢江的归船上，也经常出现天涯游子的身影，在常州发了大财的朱世荣归来了，在更远的地方赚了更多钱财的其他人也归来了。大大小小的朱世荣已远非当初惴惴然告别乡关时的寒素模样，穿着光鲜，出手阔绰，腰包满鼓，气概雍容。这时的衢江流得几乎不是水，而是财富珠宝。然而他们的多余资金并不能为他们换回更大的利润，大多流向了买田造房、修宗祠、编家谱、办学校及改善生活这些方面去了。正是投资空间的有限，阻滞了商帮们的进一步发展。所以在龙游的旧志中便有了如下的记载："习尚昔固号俭啬也，今则日事于侈靡。""室庐往称朴素，万历中叶渐以雕琢相尚。"坐落在龙游北乡三门源村的省级重点保护文物叶氏建筑群，当是"日事与侈靡"和"渐以雕琢相尚"的产物和标本。

叶氏建筑群占地面积达4500平方米，由五幢主体建筑构成，各幢建筑以大门额坊上的砖雕匾额题字为名，分别为"芝兰入座""环堵生春""荆花永茂"等，均为前厅后楼结构，各幢建筑既自成一体，又由甬道、庭院、池塘、花园等串成一体，主次分明而又互相呼应，体现出我国古代社会大家庭长幼有序聚族而居的宗法情感和礼乐气氛。这里的每一个建筑构件和每一方建筑平面都经过艺术加工。不管是砖、是木、还是石，也不管是门窗、藻井、还是影壁,或浮雕,或镶嵌,或彩绘,或镂空,有的繁复,有的洗练,有的空灵,有的凝重,构筑起一个完全艺术化了的居住空间,强烈地凸现出先人的审美情趣和对美好生活的执着追求。不是亲眼所见,我们这些现代人是无论如何也不敢相信,当时的人们居然能把自己的居住环境整治得如此精雅细致。

叶氏建筑群建于清中期,为当时该村叶氏家族的始迁祖所建。世迁祖原籍在和三门源一山之隔的寿昌县,在原籍还有一个弟弟,兄弟二人都是靠长途贩运起家的富商,为了扩大经营规模和增加经营中的机动性,所以就由老大来这里定居,为与外界的联系往来设一个据点。世迁祖有儿子五个,于是就造了五座主体建筑,五个儿子每人一幢。其中以老大叶鹤天的"芝兰入座"最为精致。世迁祖为了使自己的商业活动得到官方的庇护,曾于道光二十六年(公元1846年)为鹤天捐了一个"贡生"的头衔,他的住屋自然也就更气派了。当时造这一组建筑,工程长达七年,仅仅那些木构件的雕刻就化了三年时间,所耗费的钱财之巨不难想象,用现代的眼光来衡量,如果把这笔钱用于扩大再生产,该有多少收益?最终又能造成多少叶氏建筑群?庭院深深深几许?如此的华屋美居又将消磨掉人们多少的豪气和壮志!盛极而衰,荣耀盖世之时,却潜伏着衰败的征兆。

龙游的古代建筑数量多,品类全,以自成特色的文物价值和艺术价值而受到上级文物考古部门专家的高度重视。肃穆的厅堂、雅致的民居点缀于青山秀水之间,构成了富有特色的景观和文化氛围。据文物部门普查,建于明代的有37幢,有代表性的清代建筑23幢,它们大多保存完整、规制完备、气势恢宏,富有江南民居的建筑特色和鲜明的时代特点。梁架结构注意审美效果和

227

科学原理的协调统一,建筑内部空间布局的艺术处理和利用外部地形配合方面有着别具匠心的安排,在建筑物形体外貌及斗拱、门窗、藻井等细部的装饰上更是运用石雕、木雕、砖雕等多种艺术形式和手法,表现出细腻隽永的审美旨趣。这些建筑,大多是那些富商的遗存。

衢江之水迢迢东流,不舍昼夜。流过一个又一个的春夏秋冬,流过一个又一个的帝王之朝。时间的流逝、季节的变换、朝代的更替,衢江似乎并不在乎,只是一心一意地向东而去。然而,当历史进入19世纪的中叶,当洋人的坚船利炮打开了中国的国门之后,水运年代的结束便进入了"倒计时",衢江之水便再也不可能流得像先前那样轻快,那样流畅了。

龙游商帮是依靠衢江的优势发展起来的,是凭借衢江把他们送往全国各地的,他们早已适应了衢江的流速和节奏,习惯于以水运年代培养起来的思维定式和行为规则来考虑问题解决问题。面对轮船、汽车和火车,他们无所适从。面对西方资本势力和廉价的商品,他们乱了方寸。在新形势的迅速变化面前,他们不谙应变,终究被新的变化、新的力量和新的事物挤出了历史的舞台。

岑山,算不上巍峨,谈不上蜿蜒,毫无依傍地在金衢盆地西南缘峭然而立,对称的"山"字形,层次多变的皱褶结构,如同一座屏风、一架盆景,独具一种玲珑剔透的造型美,站在龙游县城的任何一个角度都能看见它那优美的身姿,分外令人注目。于是,在龙游城乡就有了这么一句俗谚:三日看不见岑山头,就要哭鼻头。有了这么个说法,龙游人也就以一种安土重迁的形象被"岑山头"所印证并定格了。

这却是一个历史的悖论，也是对岑山的亵渎。

历史的记载告诉我们，先人们何尝有"三日看不见岑山头，就要哭鼻头"的窝囊和没出息。他们视万里为比邻，闯荡江湖，叱咤风云，以自身的实力赢得"遍地龙游"的美誉，这是何等的风光。

对此，龙游籍著名学者余绍宋先生在编纂县志的《风俗志》时，曾不无感慨地作过这么一番评论：

> 遍地龙游之说久不闻矣，万历壬子志以为积习可慨，嗟夫！今人又安得有此积习也？为商贾者既不轻去其乡，所业悉甚微细，稍大之商业皆徽州、绍兴、宁波人占之，乌在其能商贾也？昔人日以地瘠民贫为忧，而又轻商贱贾以为高尚，此愚所最不解者。

在这里，余绍宋指出了龙游商帮雄风不再的原因。一是"不轻去其乡"。正是安土重迁的保守因遁，使龙游人放弃了向外发展的可能。另一个更为重要的原因就是人们常说的观念问题。"万历壬子志"就是编于明朝万历壬子年（公元1612年）的《龙游县志》，当时正是龙游商帮最为活跃，龙游商人遍布全国各地之际，但当时的县志编纂者却对这一现象表示否定，可见那时的主流社会对于"遍地龙游"并不持肯定态度，反而视其为龙游人的一种令人可叹可慨的"积习"，这其实就是"轻商贱贾"的思想在作怪。余绍宋是龙游人，看问题自然明白就里。余绍宋曾和兄弟一起合股经营滋福堂药店，对于"轻商贱贾"的社会环境肯定感触良深，那话语也就愈发显得沉痛了。

回首沧桑

后人缺少的就是先人们那种开放的心态，敢为天下先的勇气，以及万里视若比邻的吃苦精神和能儒敢商、儒商互补的文化心态、文化修养。余绍宋先生"今人又安得有此积习也?"那一声叹息的余音，似乎正穿过历史的时空，在久久地回荡。

优胜劣汰乃是一条铁的规律，对任何人都不会例外。探讨龙游商帮衰亡的原因，话题很多。要而言之，在一个缺少商业和市场意识的社会里，龙游商帮以其强烈的致富欲望和开拓精神取得了成功。但总的来讲，龙游商帮并无更高明的武器和手段，归根结底还是逃脱不出历史的局限。龙游商帮因商而富，但不少人却又因富而满足，消极守成。龙游商帮依靠地域条件和区位优势而成功，但又受这些条件的制约而衰落。这似乎是龙游商帮和时代、和自身、和衢江共同而"成亦萧何、败亦萧何"的命运。

原载于光明日报出版社2003年1月版《寻找浙商》

盈 盈 衢 江

废县长留庙貌新

　　汽车出龙游城西行,约十公里过高家大桥,就进入衢江北岸丘陵地带,几个上下坡,再转几个弯,就到了盈川。

　　我是因为杨炯而知道盈川的,因为他当过盈川令,并因此被人称为杨盈川。现在的盈川只是一个很寻常的村子,当年杨炯坐衙的大堂、吟诗作文的书斋……一切的一切都已在历史的长河中消失得了无痕迹。唯一不变的,只有村东崖脚下的衢江之水,流过一个又一个的春夏秋冬,从杨炯的年代一直流到今天。

　　热情的村民把我带到了杨侯祠,它位于村边一片旷地上,由三组三开二进的厅堂形古建筑构成,青砖高墙,粗柱大梁,气势颇壮。只是除中间一组得以修复外,其余唯剩残墙。墙身斑驳支离,墙内墙外荒草凄迷,沧桑满目。

　　杨炯的神龛位于祠堂的北端,供奉着杨炯及其夫人、卫士等

231

的塑像。塑像是重修的,大概出于俗匠之手,水准并不高。但是红烛高烧,供品罗列,香火很是兴旺。祠堂的进口处是一座戏台,正在演木偶戏娱神,唱腔是婺剧中的高腔一类,声调高亢激越。剧目我不熟悉,看上去似乎是清官戏一类。纪念杨炯,当然应该演"清官戏"。但仔细琢磨,我又觉得用"清官"来标榜杨炯犹不尽然。

村民们介绍说,今天并不是什么纪念日,所以来的人不很多,如果逢上农历六月初一"正日",那是比赶集还要热闹,大家还要抬着杨炯的神像四处巡游,四乡八村观者如堵。

杨侯祠实际就是传统意义上的杨炯纪念馆,纪念馆的建筑和设施是很一般的,而对杨炯的纪念,在这里却是深入人心全民参与的。

宁为百夫长　胜作一书生

公元692年(武则天如意元年)的一个秋天,杨炯离开当时的都城洛阳,踏上赴任盈川令的旅途。拜别宫阙,辞别亲友,远赴江南一隅刚刚设置的盈川小县,夕阳古道,秋风瘦马,征程迢递,舟车颠沛,一路南行的杨炯,心境当然是很复杂的。

作为一代文人,杨炯少举神童,十一岁就待制弘文馆,但一直到二十七岁,才补了个校书郎的九品小官,此后在仕途上一直蹇滞不畅。此次远放江南,虽说职位略有升迁,实际上和贬逐也差不了多少。回首洛阳,已是云遮雾罩;展望前程,又觉关河阻隔一片渺茫;正可谓是断肠人在天涯。

渐近江南,入目的风光变得秀美起来,也许是受了明艳的江南秋色的感染,杨炯的心情有时也会舒畅一点,觉得这七品县令毕竟是个亲民之官,此去上任,虽干不成什么大事,多少总可为当地百姓办点实事,也远比呆在京城里,当个毫无作为而又担惊受怕的宫中教习强多了。

"宁为百夫长,胜作一书生。"一路南行的杨炯自然会想起自己诗作中的这一联名句,一丝淡淡的笑容可能会浮上他的脸面。只是这笑容的内涵颇为复杂,有几分欣慰,也有几分无奈,更多的则是自嘲。

然而杨炯想不到的是,这一次江南之行,竟是他的一次不归之旅。

这一年杨炯四十三岁。

三年后,他的弟弟扶椇北归,在曾和杨炯同任宫中教习的宋之问帮助下,葬杨炯于洛水之滨。

一代文人和盈川结下的竟是一份生死之缘。

不废江河万古流

王(勃)杨(炯)卢(照邻)骆(宾王)"初唐四杰",是中国文学上承六朝下开盛唐这转折中的关键,被闻一多誉为在"唐诗开创期中负起了时代使命的四位作家"。

"四杰"虽然以文名为世人所重,可是由于他们出身庶族,在讲究"门第出身"的当时,并没有被权贵所认同。这四个人又有着强烈的入世愿望,四处碰壁的现实,使他们心存怨望并发为牢骚之文,对民间疾苦和社会不公的切肤之痛,又使他们的文章多了一份不平之气,这就注定了"四杰"和上层主流社

回首沧桑

会的不协调。于是，反对他们政见的，妒忌他们才华的，对他
们的行为心存偏见的，瞧不起他们出身和社会地位的各种反
对力量，便对"四杰"进行了种种攻击和诋毁，集中起来便是说
他们创作上的"轻薄为文"和行为上的"浮躁浅露"。这一切形
成一股巨大的浊流，以至于后来的杜甫不得不站出来仗义
执言：

王杨卢骆当时体，轻薄为文哂未休。
尔曹身与名俱灭，不废江河万古流。

斥责那些攻击四杰的"尔曹"们早已身名俱灭，颂扬四杰及
其作品和不废的江河之水一样万古长流。内心的愤慨和不平溢
于言表。

杨炯自然难逃权势者的摈斥和斗筲之徒的攻讦。就连官修
正史《本传》的盖棺定论中，也说他：

炯至官，为政残酷，人吏动不如意，辄榜挞之。又所居
府舍，多进士亭台，皆书榜额，为之美名。大为远近所笑。
（《新唐书》）

轻轻几笔，就把一顶"酷吏"的帽子扣在了杨炯头上。"大为
远近所笑"云云，则是"浮躁浅露"的注脚和话柄。

直至现代，在山东大学教授陆侃如、冯沅君夫妇合著的《中
国诗史》及他人的一些著作中，在介绍杨炯时，依然沿袭"酷吏"
之说，足见此说影响之大。其实史官和民意相悖，在中国历史上

是难以避免的,因为在那样的年代,官方和民间的评价标准本来就是相背离的。作为史书中"酷吏"的杨炯,在盈川人民的心目中,却是个道道地地的循吏。

千秋遗爱在斯民

盈川好像是专门为了杨炯而设县的。杨炯是盈川县的第一任县令,盈川也是杨炯终迹之地;盈川还给了杨炯一座杨侯祠,给了他千秋俎豆四时祭拜的礼遇。悲乎喜乎? 福兮祸兮? 不知冥冥之中的命运之神是如何安排的?

与正史中的记载相反,在盈川,流传着杨炯因天旱求雨不应,焦虑万分而投潭殉职的故事。正因如此,百姓奉祀杨炯为城隍神,香火至今不绝。当地的《移建盈川杨侯祠碑铭》,对所谓"酷吏"问题也有这样的辨析:

> 相传侯为令时,对属吏严酷而视民如伤,其为政循良可以征信矣。不然焉有城隍之敕封,杨侯祠之成立,煌煌祀典历千百祷不少衰?

盈川于武则天如意元年(公元692年)设县,范围包括现在的龙游大部和衢县部分。元和七年(公元812年)撤销,历时百二十年,其间当过县令的总该有几十人之多,老百姓为什么单为杨炯建祠并奉为城隍? 可见百姓们心里清楚得很,谁个好? 谁个坏? 谁个真正为他们办过事? 百姓自有一杆"公平秤"。

在距盈川不远的龙游县半潭村,原先也有一座杨侯祠,还藏有铜钟一口、杨炯木雕像一座,都是很珍贵的千年旧物。后来在一次勘定衢龙两县界址时,决定以盈川村东的一条小山涧为衢县和龙游的分界,这么一来,就把杨侯祠划入龙游县界。为此,盈川的村民们在村边另建了现在的这座杨侯祠。为了证明两座杨侯祠都是正宗的,也为了表达衢龙两县百姓对杨炯共同的缅怀,当时双方还达成协议,将旧祠中的杨炯雕像供盈川的新祠保存,但每年六月初一杨炯神像出巡的日子,则要按照旧时的路线,不管是衢县地界还是龙游地界,都要巡游一遍,不然的话,龙游县范围内的村民们是决不答应的。当地百姓就是这样以一种物化和风俗化了的形式,把他们对杨炯的评价作了定格。可见这杨侯祠的内涵,远比一般的"纪念馆"要深刻得多,丰富得多。所以先人有诗云:"地界衢龙争报赛,千秋遗爱在斯民。"

其实村民们并不懂什么叫"初唐四杰",也没有读过杨炯的诗赋文章,甚至不清楚他们虔诚供奉的杨侯叫什么名字。但他们热爱杨炯,崇敬杨炯,杨炯在一代又一代的村民中口耳相传,享受着一代又一代村民的奉祀祭拜。这一切,史官的偏见改变不了,时间的长河改变不了,行政地域的变化改变不了,时代的变迁也改变不了。就像衢江之水永向东流一样不可改变,也像衢江中的盈盈之水一样绵远深长。

因为,老百姓是不会亏待为他们做过好事的人的。

原载于2003年8月14日《衢州日报》